전장의 저격수

전장의 저격수 8

요람 장편소설

초판 1쇄 찍은 날 § 2018년 6월 4일
초판 1쇄 펴낸 날 § 2018년 6월 11일

지은이 § 요람
펴낸이 § 서경석

총괄팀장 § 최하나
편집책임 § 신보라
디자인 § 신현아

펴낸곳 § 도서출판 청어람
등록번호 § 제387-1999-000006호
등록일자 § 1999. 5. 31
어람번호 § 제1-2912호

주소 § 경기도 부천시 원미구 부일로 483번길 40 서경B/D 3F (우) 14640
전화 § 032-656-4452 팩스 § 032-656-4453
http://www.chungeoram.com
E-mail § chungeorambook@daum.net

ISBN 979-11-04-91752-3 04810
ISBN 979-11-04-91580-2 (세트)

FUSION FANTASTIC STORY

요람 장편소설

전장의 저격수

8

도서출판
청어
람

전장의
저격수

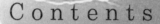

C o n t e n t s

한지원에게 연락이 온 건 낮술에 세 사람이 꽐라가 된 날부터 정확히 이 주가 지났을 때였다.

햇살이 점점 따스해지고, 새싹이 겨울을 겨우 이겨내 힘겹게 고개를 드는 봄의 초입에 들어선 어느 날이기도 했고, 따스한 햇볕을 쬐며 한가로운 시간을 보내고 있던 어느 날이기도 했다.

우웅, 우웅.

테이블에 올려놨던 폰이 '용건 있어요!' 하고 발광을 부리자 석영은 읽던 책을 내려놓고 전화를 받았다.

"네, 정석영입니다."

―저 한지원이에요. 지금 집에 있어요?

"네, 집에 있습니다."

―지금 부산에서 출발했으니까 세 시간쯤 걸릴 거예요.

"무슨 일 있습니까?"

―있죠, 무슨 일. 그놈들 찾았다는 큰일이 있어요.

"……."

스륵.

석영은 의자에 깊게 묻고 있던 상체를 유령처럼 세웠다.

―후후, 그 침묵이 지금 석영 씨 마음을 말해주네요. 이따 가서 자세하게 얘기할게요.

"네, 기다리겠습니다."

뚝.

전화는 채 1분도 되지 않아 끝났다. 하지만 그 짧은 대화에 석영은 심장이 벌렁벌렁 순식간에 아주 거친 야생마처럼 변해 버린 것을 느낄 수 있었다. 두근거리는 심장을 지그시 압박한 석영은 의자에서 일어났다.

휴식?

이제 다 끝났다.

의자에서 일어난 석영은 바로 준비를 시작하기로 했다. 잔과 테이블을 치우고, 안으로 들어가 준비를 시작했다. 소파에서, 드르렁드르렁 코를 골며 낮잠을 즐기고 있는 아영이는 일단 그냥 두기로 했다.

사실 크게 준비랄 것도 없는데, 그래도 이것저것 챙기다 보니 꽤 짐이 많아졌다. 특히 이번에 러시아 원정 때 한지원의 조언으로 챙겼던 것들은 전부 빼먹지 않고 챙겨 넣었다. 그렇게 30분에 걸쳐 준비를 끝내니 아영이가 '하아암……!' 하고 크게 하품을 하며 일어났다.

"아… 오빠 어디 가?"

"지원 씨한테 연락 왔어. 그놈들 찾은 것 같다고."

"그놈… 아, 그 개새끼들? 아, 그럼 나도 깨웠어야지!"

"지원 씨 오는 중이라니까 지금부터 싸도 안 늦어."

"우씨, 그래도!"

벌떡 일어난 아영이 롱 패딩을 걸치고 집 밖으로 튀어 나갔다. 그녀가 나가고 생각해 보니 아영은 석영보다 쌀 게 많았다. 여성 용품, 최소한의 피부 유지를 위한 것들과 특히 위생 용품은 많이 챙겨야 했다.

2박 3일을 여행 가도 남자는 트렁크 하나, 여자는 두 개가 나오는 이유가 다 거기에 있었다. 석영은 베란다로 나갔다. 이제는 완연한 봄 날씨가 이런 시골까지도 찾아왔다. 물론 오후에 잠깐 왔다가 서너 시간 만에 돌아가긴 하지만 그래도 겨울보다는 활기가 차는 것 같았다.

의자에 앉아 담배를 입에 문 석영은 순간적으로 올라오는 살기 가득한 미소를 감출 수가 없었다. 그리고 그 미소에 다시 희열이 들어서기 시작했다.

석영은 기분이 좋았다.

한지원과 장세미가 약속을 잘 지켜주었고, 큰일을 보고 뒤를 안 닦은 것처럼 찜찜함을 넘어 불쾌감을 주었던 완벽하지 못한 사냥을 이제야 끝낼 수 있겠단 생각 때문이었다.

세 시간은 이것저것 확인하고, 이후 아영이랑 얘기를 하다 보니 금방 지나갔다. 정확하게는 두 시간 오십 분 만에 온 한지원이 거두절미하고 내놓은 첫마디는 석영을 너무나 흡족하게 만들었다.

"그놈들, 한국에 있어요."

"……."

씩 웃는 석영에게 한지원도 비슷한 미소를 지으면서 두 번째로 흡족한 말을 꺼냈다.

"멀지도 않아요. 내가 좀 전에 확인하고 온… 부산, 부산에 있어요."

피식.

석영은 너무나 흡족해서 그냥 실없이 웃고 말았다. 세상에 일이 잘 풀려도 이렇게 잘 풀릴 수가 있나?

"어떻게 찾았어요, 언니?"

아영은 그게 신기했나 보다.

"라쿤 상회 알지?"

"알죠. 그 무서운 언니들 있는 곳. 뭘 한다고 했더라? 운수? 운송?"

"맞아. 운송업자. 사람이든, 물건이든 확실만 하다면 가리지 않고 나르는 운송업자들이야. 그중엔 총, 술, 마약, 심지어 사람도 있어."

"워…… 영화에서나 나오는 그런 게 진짜 있었네요?"

"그럼 당연하지. 야, 언니 보면 모르니? 언니는 뭐 평범한 사람이야?"

"아뇨, 아니죠……."

있을 수 있는 일이라 석영은 고개를 끄덕였다.

한지원 같은 여자도 있는데, 그런 운송업자들이라고 있으면 안 된단 법도 없었다.

"어쨌든 알고 봤더니 그놈들 처음엔 라쿤 상황에 의뢰 넣었었나 봐."

"의뢰요?"

"하아, 뭘 의뢰겠니?"

"운송업자에게… 아, 헤헤."

"그냥 말 끊지 마. 어쨌든 의뢰를 넣었는데 알다시피 그쪽은 우리랑 먼저 계약했거든. 그래서 거절하려다가 덩어리도 크고 해서 아는 업자를 소개시켜 줬나 봐. 그러니 찾다 보니 딱 나왔지."

"아아……."

석영도 이해를 하곤 고개를 끄덕였다. 하지만 그래도 좀 이해가 안 가는 부분은 있었다. 저쪽도 평판이 있으니 비밀은 지켜줄 텐데, 아무리 이 주 정도 지났다지만 너무 빨리 알아낸 게 아닌가 싶어서였다. 그리고 그 비밀도 한지원이 바로 풀어줬다.

"라쿤과 라쿤이 소개시켜 준 업체가 그래도 인의를 알거든."

인의(仁義)?

무기와 마약을 나르는 사람들이 가지고 있을 만한 건 아니지만 한지원이 그렇게 말하니 석영은 일단 넘어가기로 했다. 어차피 중요한 건 이런 내용이 아니었다. 그래서 석영은 본론을 원했다.

그 기색을 눈치챈 한지원이 씩 웃으면서 다시 말했다.

"정확히는 부산과 울산 사이의 월내항이란 곳에 있어요. 라쿤에 말해서 픽업하는 데 이틀 정도 시간 더 걸린다고 얘기했으니 남은 시간은 이틀이고요."

"이틀이라……."

차다 못해 넘치는 시간이다.

지금 당장 부산으로 넘어가도 세 시간이면 간다. 그리고 다시 거기서 월내항인가 하는 곳으로 이동해도 넉넉잡아 한 시간이면 충분하다.

그럼 48시간 중 44시간은 남는다고 봐도 좋으니… 석영이 리타의 복수를 끝낼 시간으로는 아주 충분했다.

"작전 지휘는 누가 합니까?"

"제가 해요. 이미 보고됐고, 그곳 지도와 놈들이 있는 별장 설계도, 주변 시설과 개인화기, 중화기 등등 전부 보고했으니 대령님이 따로 작전을 설계해서 보내줄 거예요."

"……."

석영은 말없이 고개를 끄덕였다.

하지만 그 끄덕임에는 수긍과 믿음이 들어 있었다.

한지원이다.

작전 수행 능력만큼은 타의 추종을 불허하는, 석영이 보기엔 인류 최종 병기인 한지원이 작전을 지휘한다.

이미 몇 번이나 손발을 맞춰봤기 때문에 추호의 의심도 없었다.

"언제 출발합니까?"

"제가 준비되는 대로요."

"얼마나 걸립니까?"

"호호호."

석영의 조바심을 느꼈는지 한지원이 입을 가리곤 웃었다.

"한 시간만 주세요. 미안한데 이틀간 못 씻어서 꼭 샤워는 해야겠거든요."

"......"

석영은 고개를 끄덕였다.

최대한 빨리 넘어가고 싶지만 한지원에게 그 정도 배려는 해줄 필요가 있었다. 아니, 꼭 해줘야 했다. 이 모든 일이 한지원이 없었다면 불가능했을 게 분명했기 때문이었다. 그길로 일어난 한지원은 바로 집을 나섰고, 석영은 소파에 누웠다.

이동하는 동안은 잠들기 힘들기 때문에 지금 조금이라도 쉬어둘 생각이었다. 석영이 눈을 감자, 아영도 석영의 집을 나섰다.

끼이익.

철컥.

현관문이 닫히는 순간부터 찾아온 적막감을 느끼며 석영은 입꼬리를 말아 올렸다. 그렇게 웃은 채로, 석영은 짧은 시간 아주 깊게 잠들었다.

*　　　　　　*　　　　　　*

월내항(月內港).

부산시 기장군 장안읍 월내리.

어업을 위해 조성된 항으로 요즘도 이삼천 명의 어부가 생활하는 곳이었다. 한지원이 석영을 안내한 곳은 이런 월내리, 월내항을 지나 있는 봉대산이란 곳이었다. 봉대산이 멀리 떨어져 보이는 곳에 차를 세운 한지원이 담배를 챙겨 내렸다.

"저기 보이는 산 있죠?"

"네."

석영도 내려 담배를 입에 물었다.

"봉대산이란 곳인데 원래 저기에 해안 경비를 맡은 군부대가 있었어요. 백 명 규모의 작은 부대였죠. 그런데 그 부대가 연대와 통합되면서 비었고, 지금은 민간인 출입 금지를 시켜 놓은 채로 부대는 방치하고 있죠. 라쿤 상회가 손을 써서 그들을 그 부대에서 쉬게 하고 있어요."

"……."

석영은 이해하고 고개를 끄덕였다.

민간인 통제 구역에 들어가는 사람은 우리나라에 생각보다 많지 않았다. 그것도 군부대가 있던 곳이라면 더더욱 들어가지 않았다. 깊고 수려한 산세를 가져 버섯이나 삼, 약초가 많이 나는 것도 아니니 괜히 들어가 긁어 부스럼을 만드는 멍청한 인간들이 없는 것이다. 그래서 더욱 조용히 숨어 있기 좋았다.

물론, 꿈에도 모르고 있을 것이다.

자신의 목을 뚫어버릴 죽음의 천사가 지금 지척까지 다가와 있음을.

"여기서 저희 팀이 올 때까지 좀 기다려요."

"누구누구 옵니까?"

"몇 명 안 와요. 창미 언니를 포함해 한 개 조가 전부예요."

"……."

한지원 부대의 한 개 조는 조장을 포함해 열 명으로 짜인다. 그중 조장 역할을 그녀가 맡을 테니 나창미와 문보라를 포함한 아홉 명이 온다고 보면 된다. 별로 많은 인원이 아닌 것 같지만, 이 정도면 정말 무시무시한 전력이다.

이들이 작정하면 푸른 집은 물론 화이트 하우스 정도는 우습게 날려 버리고도 남을 거라고 봤다.

모든 방식의 테러, 특수작전에 능통하다 못해 달인이 된 이들이기 때문이다.

담배를 하나 태우고 있는데 저 멀리서 유리까지 새까맣게 선팅한 차량 두 대가 다가왔다.

끼이익! 거친 타이어 마찰음을 내면서 멈춘 승합차의 운전석 쪽 창문이 지이잉 소리를 내며 내려갔다.

"요, 오랜만?"

"……."

손가락을 두 개 붙여 눈가에 댄 나창미의 인사에 석영은 그냥 말없이 웃으며 고개만 살짝 숙였다.

"벌써부터 분위기가 장난 아닌데? 오래 기다렸어?"

"아니요, 방금 왔어요. 그보다 언니, 여기서부터 걸어갈 생각이니까 애들 무전기에 총기만 소지하고 대기시켜 줘요. 차는 안 보이는 쪽에 대놓고."

"오케이, 라져."

눈을 찡긋거리며 알았다는 말을 두 번이나 한 나창미가 차를 몰고 다시 사라졌다.

"우리도 적당한 곳에 가서 기다릴까요?"

"네."

"가요. 아 근데, 우리 언제까지 서로 존대해요? 동갑인데?"

"음… 오늘까지만 합시다."

"오늘, 지금까지? 그럼 이제부터 편하게 대해도 되겠네요?"

"……."

오!

석영이 말없이 고개를 끄덕이자 뒤에 있던 아영이 탄성을 흘렸다.

"오빠, 웬일이래?"

"이제는 편하게 말해도 될 때가 된 것 같아서 그런다."

"오호… 부드러워짐. 이 오빠 부드러워짐. 말랑말랑 젤리인 줄."

"……."

철 지난 말투에 석영은 그냥 고개를 창밖으로 돌렸다.

해가 뚝뚝 떨어지고 있었다.

저 멀리 봉대산 끄트머리에 걸려 있는 해가 불길함을 가득 뿜어내며 가라앉아 가는데, 석영의 눈엔 그게 그렇게 보기 좋았다. 그래서 저도 모르게 만족스러운 웃음을 흘렸다. 저 해가 떨어지면, 작전이 시작되기 때문에 나온 만족감이었다.

해는 항상 일정한 시간이 지나면 떨어지고 달이 뜨지만 오늘만큼 해가 빨리 떨어지길 기도한 적도 없었다.

어둠이란 것을 그렇게 갈망한 적이 없었다.

다만 이제는 전과 다르게 그것을 속에 품고, 간직할 줄을 알게 됐다. 기세를 줄줄 뿌리며 주변 사람들에게 피해를 주지 않고 있는 것만 봐도 확실히 석영은 성장했다. 그런 석영의 변화를 아영도, 한지원도 알아차리고 있었다. 하지만 좋은 변화라, 그저 내색하지 않고 지켜보고만 있었다.

'빨리… 자정이 오기를.'

그렇게 생각하며 석영은 눈을 감았다.

러시아에서 한지원에게 배운 대로, 쉴 수 있을 때 최대한 쉬어둘 생각이었다.

석영의 바람대로 해가 졌다.

그리고 은은한 은회색 빛을 뿜어내는 달이 음울함을 가득 담고 해가 진 반대편에서 떠오르기 시작했다. 칙칙하다 못해 불길한 빛을 품고 있는 달을 보며 석영은 이상하게도 미소가 흘러나왔다.

달은 빠른 속도로 올라왔고, 그와 반대로 세상은 어둠에 잠겨갔다.

어둠이 지면 사람들은 하루를 마무리한다. 반대로 하루를 시작하는 사람들도 있지만 밤보단 낮에 일하는 사람이 더 많게 마련이었다. 그래서 세상은 점점 고요함에 잠겨갔다. 특히 봉대산이 있는 변두리는 어둠이 온 세상을 장악하고 있었다.

일부 식당과 가정집을 제외하곤 빛을 뿜어내는 곳도 없을 정도로 사방은 적막하고, 껌껌했다.

12시.

이젠 외지인지라 식당 불빛까지 꺼져갈 시간이 되자, 한지원의 무전이 들렸다.

치익.

—비 조 이동.

치익.

—비 조 이동.

한지원의 무전에 나창미가 복창을 했다. 석영은 그 무전을 들으며 아영, 그리고 문보라와 대기 중이었다. 둘은 문보라가 길을 열면서 따로 움직이기로 했다. 가장 위험한 정면은 한지원이, 후방은 나창미가, 그리고 은밀한 침투가 가능하지만 길이 험난한 측면을 석영이 맡았다.

한지원은 그랬다. 일단 침투가 시작되면 반드시 교전이 일어날 거라고. 그럼 그 틈을 타서 옆구리를 아주 꿰뚫어 버리라고.

치익.

―에이 조 이동.

치익.

―에이 조 이동.

한지원의 팀도 움직이기 시작했다.

아직 사인이 나지는 않았는지라 석영은 가만히 나무에 등을 기대고 기다렸다. 담배 한 대가 절실하지만 이런 어둠에서 라이터를 켜는 건 굉장히 어리석은 짓이다. 바닥에 엎드려 불을 붙였다고 치더라도 냄새가 어디까지 실려 갈지 모른다.

담배 냄새 때문에 향을 아예 지워주는 탈취제까지 뿌리고 온 마당이니, 긴장감과 흥분에 심장이 덜커거려도 지금은 참아야 할 때였다.

5분쯤 기다렸을 때였다.

치익.

―부비트랩 발견, 부비트랩 발견.

치익.

—종류는?

치익.

—클레어모어.

치익.

—해체 못 해?

치익.

—설마. 날 뭐로 보고?

장난스러운 나창미의 통신이 있은 뒤에 다시 5분이 지났을 때였다. '적 발견, 적 발견'이란 짧은 통신을 시작으로 드디어 한지원의 통신이 문보라에게 날아들었다.

치익.

—저격 조 이동.

치익.

"저격 조 이동."

문보라가 복창 뒤에 석영과 아영을 바라봤다.

스윽.

등을 떼며 상체를 바로 세운 석영이 천천히 눈을 떴다. 불길하게 일렁거리는 눈빛에 문보라가 슬쩍 인상을 썼다. 그걸 보곤 석영은 눈가를 매만졌다.

"이상한가요?"

"아니요. 무서워서요. 이동하겠습니다."

그렇게 대답한 문보라가 길을 트기 시작했다.

그 뒤를 석영, 그리고 아영이 가장 뒤에 서서 따라왔다. 문보라의 이동은 꼼꼼했다. 그러면서도 꽤나 빨랐다. 정말 신기한 건 이 어둠 속에서 야간 투시경만 끼고 흙길을 이동하고 있는데도 소리가 전혀 나질 않는다는 점이었다. 이전에 한지원도, 나창미도 그랬지만 어떻게 된 사람들이 움직이는 데 조금의 소리도 내지 않았다. 그리고 이동하는 자세도 굉장히 특이했다. 상체를 숙이고, 하체를 반 이상을 굽힌 다음 움직이고 있었다.

마치 고양이처럼 움직이는데도 사방을 다 확인하고, 발밑까지 확인하면서 움직인다? 그것도 소리도 없이?

평범했을 당시의 석영이라면 꿈도 못 꿀 기술이었다.

'대단하긴 진짜 대단하다……'

이런 사람들이 등 뒤로 스윽, 기척도 없이 다가오면?

어흐, 소름이 돋았다.

한참을 걷던 문보라가 멈춰서며 손을 들어 폈다가 꽉 쥐었다. 정지하라는 신호였다. 석영은 군말 없이 멈춰 섰다. 그 뒤에 그녀가 손가락을 가리킨 곳으로 시선을 돌려보니, 투명한 실선이 보였다.

어둠 속인데도 어떻게 보이냐고?

이미 인간이란 종을 넘어서는 중이었기 때문에 시력 또한 비약적으로 발전한 상태였다. 특히 이제 어둠은 석영에게 전혀 문제될 게 없었다. 게다가 석영의 눈을 타고 도는 이상한 빛깔은 정말 인간 같지 않았다.

어둠에 잠기고 움직이기 시작하니 스르륵 마치 보호색처럼 어둠에 스스로를 물들여 버렸다. 그런 괴상망측한 눈에 잡히는 문보라는 보위 나이프를 꺼내 들고 살금살금 고양이 저리 가라 할 정도로 조심스럽게 이동해 부비트랩을 해체했다.

치익.

"부비트랩 클레어모어 저격 조에서 하나 제거했습니다."

치익.

─라져. 이동. 이쪽은 오 분 뒤에 시작하겠다.

치익.

"라져."

─라져.

한지원의 명령에 각 조에서 대답을 했고, 문보라의 신호에 다시 이동을 시작했다. 3분쯤 걷고 나니 숲이 끝나고, 산 정상 아래 둘러진 철책, 그리고 그 안에 군부대 건물들이 보였다.

구성은 단출했다. 연병장을 중심으로 한쪽은 차량 정비소, 충성 클럽, 그리고 그 위 정상 쪽으로 탄약고가 있었던 것 같은 공터, 다시 시계 방향으로 돌아 막사가 보였다. 그 밑이 위병소였다. 연병장을 기준으로 시계 방향으로 잡자면 아홉 시 정비소, 열두 시 탄약고 공터, 세 시 막사와 취사장, 여섯 시가 위병소다.

한지원의 팀은 위병소 근처에 있고, 나창미 팀은 취사장과 막사 뒤쪽 철책 선에서 대기 중이었다.

석영은 일단 집중해 어둠을 쭉 훑어봤다.

'위병소 쪽 셋. 탄약고 위로 둘, 정비소에 둘, 밖에서 움직이는 놈들은 이렇게 일곱?'

물론 저게 전부는 아닐 것이다. 막사에 불빛이 들어와 있는 걸 보니 놈들은 저 안에 있는 게 분명했다. 석영은 일단 문보라를 툭툭 쳐 방향과 수를 가르쳐 줬다. 그러자 잠시 놀란 문보라가 이내 고개를 끄덕이곤 무전을 넣었다.

치익.

"연병장 기준, 아홉시 정비소 둘, 탄약고 위로 둘, 그리고 위병소 셋. 저격수 파악 상황입니다."

문보라의 무전이 들어가자 잠시 뒤에 다시 답변이 날아들었다.

치익.

—오케이, 위병소는 내가 맡는다. 비 조 탄약고, 저격 조 정비소. 일 분 뒤 시작한다.

치익.

"라져."

─라져엉!

나창미의 장난스러운 대답이 나온 뒤로 일 분은 순식간이
었다.

투슝! 투슝!

부슝……!

고요한 산속의 적막을 깨는 총성을 시작으로, 비명이 어둠
을 찢어발겼다.

             *   *   *

"아악……!"

위병소 쪽에서 들려오는 비명 소리에 정비소에 있던 두 놈
이 움찔거린 뒤, 곧바로 정비소로 튀어 들어갔다.

'지원을 안 가고 정비소로 숨어?'

어두운 위장복을 입고 있었지만 석영은 확실하게 봤다.

툭툭.

문보라의 어깨를 두드려 다시 신호를 준 뒤 석영은 이제 먼
저 움직이기 시작했다. 문보라처럼 아무런 소리도 없이 움직이
진 못하지만, 그 대신에 석영의 신형은 액체 괴물 같은 어둠에

감기는 것처럼 육안으로 확인이 극히 어렵게 변했다.

진화를 이루고 있는 석영은 이제 할 수 있는 게 매우 많았다. 이런 은신, 저격, 대인 학살 스킬은 의식의 집중만으로도 만들어낼 수 있을 정도였다.

깎아지른 절벽에 도착한 석영은 문보라를 바라봤다.

투슝……!

투슝!

투다다다!

투다다다다다!

정문 위병소에서 새하얀 불빛이 번쩍번쩍했고, 실선처럼 가는 빛이 어둠을 쭉쭉 갈랐다. 제대로 교전이 벌어진 것이다. 산속이라 그런지 생각보다 총성이 크게 울리지 않았다. 빼꼼, 정비소 창틈으로 슬그머니 고개를 내미는 용병을 보면서 석영은 시위를 당겼다. 죽고 싶어서 꼭 저런 놈들이 나온다.

이 공포를, 이 교전이 주는 압박감을 이기지 못하고 위험하게 주변을 확인하는 것이다. 그게 죽음으로 이어지는 지름길인 것도 모르고 말이다.

퉁.

깔끔한 소리가 어둠 속에서 울려 퍼졌고, 슈가각! 시위 튕기는 소리처럼 깔끔하지 못한 소리가 들림과 동시에 용병의 대가리가 퍼걱! 수박 터지듯이 터져 나갔다. 본래는 관통이지만, 이번엔 타점에 도착 즉시 폭발하도록 의지를 심었다.

이 상황에서도 석영은 냉정하게 자신을 실험 개발 하고 있었다.

부우웅!

문보라와 아영이 나무에 걸어 놓은 로프를 타고 순식간에 절벽 아래로 내려갔다. 그러곤 철책을 아영이 오거액스가 아닌 보조 도로 깔끔하게 양단해 길을 만들었다. 석영도 로프를 타고 바로 내려갔다.

부슝! 부슝!

깡! 까앙!

남은 용병의 저항이 있었지만 아영이의 방패에 막혀 속절없이 튕겼고, 푹! 그극! 우드득! 그사이 반대로 돌아간 문보라가 쇄골에 나이프를 꽂아 넣고, 아래로 그었으며, 마지막으로 목을 휙! 소리가 나도록 돌려 버렸다.

아영이 자리를 지키고, 문보라가 경계를 섰으며, 석영이 저격 준비를 했다.

자리를 잡기 무섭게 무전이 들려왔다.

치익.

—막사 병력 파악되는 사람?

한지원의 무전에 석영은 막사에 시선을 집중했다. 어둠이 걷히며, 막사 좌우, 정문 현과, 창문까지 3차원 입체 그래픽처럼 망막에 아로새겨지기 시작했다. 그다음은 뇌리로 직접 전달 되는 어떤, 말로는 도저히 설명이 불가능한 기묘한 감각이 뒤이어 찾아왔다. 그것은 굉장히 끈적끈적했고 불길해서, 하여간 말로는 설명이 좀 힘든 감각이었다. 그래서 석영은 일단 무시했다. 작전 중에 하는 딴생각은 대가리에 구멍이 뚫리기 딱 좋기 때문이었다.

케이블 타이로 손발이 꽁꽁 묶여 버둥대고 있는 놈을 보면서 석영은 좀 이상하단 생각이 들었다.

"너무 약하지 않아?"

"뭐 말입니까?"

석영의 질문에 문보라가 시선도 돌리지 않은 채 답을 했고, 석영은 이상함의 원인을 설명했다.

"아니, 너무 약해 보여서. 겨우 이런 놈들이 무슨 배짱으로 러시아로 기어들어 갔지?"

약해도 좀 적당히 약해야 하는데, 이 정도면 겨우 어린애 수준으로밖에 안 보였다. 문보라의 답은 잠시 뒤에 들려왔다.

"석영 씨가 너무 강해서 그런 겁니다."

"…네?"

"이놈들, 조사해 봤는데 그리 약한 놈들은 아닙니다. 지금 당장 저기 저 새끼만 해도 그린베레 출신입니다."

"……."

그린베레라……

과연 그 단어를 모르는 사람이 있을까?

그것도 대한민국 성인 사내들 중에?

미국의 아주 대표적인 특수 팀 이름이 그린베레다.

몇 개 있다.

그린베레, 델타포스, 데비그루, 네이비 씰 등등. 이름만 대면 다 아는 특수 팀 이름이 그린베레다. 한국전쟁쯤 창단된 이 팀은 아프간, 시리아, 이라크, 아프리카 내전 등등 다양한 장소에서 다양한 극비 특수 임무를 수행한다.

그러니 결코 녹록치 않은 실력자인 셈이다. 하지만 그런데도 석영은 너무 쉽다고 느껴졌다.

"오빠가 너무 괴물이 돼서 그런 거 아니야?"

"맞아요. 석영 씨 보면 요즘… 정말 무섭게 느껴질 때가 많아요."

뭘 그 정도까지……

석영은 고개를 털어 다시 잡생각을 지워냈다.

치익.

─막사 안에서 안 기어 나오는 걸 보니, 아무래도 농성을 준비 중인 것 같다.

치익.

─아 거, 새끼들 귀찮게 하네……. 가뜩이나 생리 터져 성질

나는데…….

한지원의 무전을 나창미가 거칠게 받았다.

그녀의 말에는 진짜 짜증이 가득 담겨 있었다.

몸 상태가 저러면 쉬워도 괜찮겠지만…….

'작전이 몸 상태 봐가면서 펼친다는 보장은 없지.'

석영이 그런 생각을 하는 순간, 한지원의 무전이 다시금 들려왔다.

치익.

─에이 조, 오 분 뒤 돌입, 비 조, 백업 칠 분 뒤, 저격 조, 창문 틈에 보이는 놈들 죄 쏴버려.

─라져.

"라져."

치익.

─몇 놈만 살려놓으면 되니까 잔챙이들은 신경 쓰지 말고. 지금부터 카운트 센다.

석영은 시계를 힐끔 봤다.

현재 시간 1시 10분. 어느새 작전을 시작하고 꽤 오랜 시간이 흘렀다. 전자시계의 초가 빠르게 지나갔다.

그리고 15분이 다 되어가는 순간, 다시 한지원의 무전이 들렸다.

─에이 조 돌입.

그 신호와 함께 잠시 뒤…….

콰앙……!

쾅!

막사의 현관이 불꽃에 휩싸이며 거칠게 터져 나갔다.

"씨포?"

후폭풍을 피해 몸을 숨긴 문보라의 중얼거림에 석영은 이 새끼들, 어쩌면 눈치채고 있었던 게 아닌가 싶었다.

"지원 언니…….."

아영이의 잘게 떨리는 목소리에 석영도 안색을 굳혔다. 현관에서 대놓고 C4를 터뜨려 버렸다. 현관으로 진입하려고 했던 한지원과 그녀의 조가 다치진 않았을까 하는 걱정이 들었다. 하지만 이내 고개를 저었다.

다른 사람도 아니고 한지원이다.

설마 그녀가 겨우 폭탄 따위에 어떻게 됐을 거란 상상이 조금도 되질 않았다.

치익.

—에이 조 이상 무. 진입한다.

역시!

한지원의 무전 이후, 부슝! 부슝! 총성이 연달아 터지기 시작했다.

현관 위 창문에 어른거리는 그림자가 보이자 석영은 지체 없이 당겨놓았던 시위를 놓았다.

슈가가가각!

공기과 공간을 갉아먹으면서 날아간 화살이 창문을 뚫고 들어가, 쾅! 비산했다. 새까만 빛줄기가 노렸던 방을 아예 갈가리 찢어버렸다. 순식간에 목숨이 날아갔는지 비명조차 들리지 않았다.

투두둑! 투두둑! 투두둑!

나창미 특유의 3점사 소리가 연달아 울렸다. 막사 좌측 문을 통해 진입한 것이다. 콰웅! 수류탄이 터졌고, 부슝! 부슝! 부슝! 1점사 소리가 그 뒤를 이었다. 그제야 악을 쓰는 소리가 바람결에 실려 왔다.

막사 3층에서 또다시 그림자가 어른거렸다.

투웅!

거침없이 놓은 화살이 그대로 공간을 가르고 꿰뚫은 다음, 터졌다.

어둠은 정말 가차 없었다. 석영의 의지가 담겨 아래로 터져 나가지 않고, 오직 전방으로 폭발, 비산되는 클레어모어 형태라 방 안에 있던 적은 엎드려 있지 않았다면 죄다 죽은 목숨이라고 봐도 좋았다.

치익.

—일 층 정리 완료. 비 조 수색 진압 맡고, 에이 조는 이 층으로 올라간다. 이 층 저격 조 사격 금지.

—라져엉!

"라져."

무전을 들은 석영은 3층만 노리기로 했다.

애초에 3층에 있던 놈들도 있는지 1층이 뚫리자 소란이 일어나기 시작했다. 솔직한 삼십에 가까운 인원이 숨어 있었다. 그런데도 이미 반 이상이 죽었다. 씨포가 터지는 걸 시작으로 얼마 지나지도 않았는데 벌써 반 이상이 죽어 나자빠졌단 사실이 사기의 무한한 하락을 불러일으켰다. 게다가 말도 안 되는 방식의 저격까지.

이들은 아예 패닉이었다.

석영은 두 번 더 3층의 적을 저격했다.

그리고 그동안 한지원은 2층의 적을 깔끔하게 섬멸했다는 무전을 날렸다. 그렇게 다시 5분 뒤, 싱거울 정도로 전투가 마무리됐다.

치익.

—작전 종료. 저격 조 합류.

치익.

"지금 갑니다."

문보라가 힐끔 석영을 돌아봤고 석영은 그제야 자세를 풀고 천천히 일어났다.

"휘유! 뭔가 싱거운데, 재밌었어."

쿡쿡!

고양이처럼 웃으며 나온 아영이의 말에 석영은 고개를 끄덕였다. 하긴, 유저도 아닌 이들을 잡는 전투였으니 충분히 싱거울 만도 했다. 게다가 같이 작전을 뛴 한지원과 그의 대원들이 어디 보통 사람들인가?

저 정도는 가볍게 찜 쪄 먹고도 남을 여자들이었다.

아직도 폭발의 여파가 가시지 않은 1층은 말 그대로 쑥대밭이었다. 불길을 피해 현관 안으로 들어가자 머리, 심장에 구멍이 뚫린 용병들이 사방에 널브러져 있었다. 꿈틀거리는 것들도 있었는데 그런 것들은 전부 허벅지와 무릎에 총탄을 박아 넣어놔서 가만히 놔둬도 과다 출혈로 죽을 것 같았다.

치료?

죽이려고 왔는데 굳이 치료를?

입 밖으로 누군가가 그런 말을 꺼내는 순간, 사방에서 한심하단 감정이 듬뿍 담긴 눈초리가 날아들 것이다.

2층은 1층과 비슷하지만 다른 게 좀 있었다.

석영의 저격에 복도며 방이며, 아주 난장판이었다. 구멍이 숭숭 뚫려 있어 벽도 뚫는 산탄총을 갈긴 게 아닌가 의심이 들 정도였다.

2층은 생존자가 전무했다.

3층은?

몇 놈 살아 있었다.

"아, 석영아, 여기."

한지원의 손짓에 가보자 양어깨, 양 무릎에 칼이 박힌 채 포박되어 있는 서양권 용병이 보였다.

"이놈이 대장이야. 이름은 마크. 델타포스 출신 용병이고."

"……"

석영의 눈빛이 향하자 마크는 움찔했다.

새까만 어둠이 머물며 꾸물거리고 번들거리는 석영의 눈빛에 단박에 기가 질린 것이다. 한지원이나 나창미, 그리고 대원들은 이런 석영의 눈빛에 익숙하지만 저놈은 아니었다.

'이런 겁쟁이 새끼한테 리타가……'

후우…….

속이 부글부글 끓었다.

솔직히 말해 끝까지 처절한 저항을 해주길 원했다.

그래야 더욱 잔인하고, 구석으로 몰아넣어 공포를 느끼게 해줄 수 있을 테니 말이다. 하지만 이놈을 보자 그런 욕구가 싹 가셨다. 살인에 미친놈이지만, 너무나 한심한 모습에 맥이 풀린 것이다.

왜 그랬냐고.

대체 왜 그 천사 같던 아이의 목숨을 빼앗았냐고. 묻고 싶지도 않았다. 약까지 빨았는지 흐리멍덩한 눈빛을 보니 물어본다고 대답이 제대로 나올 것 같지도 않았다.

"어떻게 할 생각?"

"……."

석영은 한지원의 질문에 말없이 손을 뻗었다.

그러자 가만히 그를 보던 그녀가 버클에서 글록을 꺼내 석영의 손바닥에 올려줬다.

철컥!

약실에 탄을 한 발 넣은 석영은 그대로 총구를 용병대장 마크의 이마에 겨눴다. 이대로 당기기만 하면 이놈의 대가를 그대로 날아간다. 대원 하나가 한지원에게 다가왔다.

"일, 이, 삼 층 부비트랩 없습니다."

"카메라는?"

"카메라도 없습니다. 정리하고 바로 출발하면 될 것 같습니다."

"알았어. 오 분 내로 내려갈 테니까 정비하고 대기해."

"네."

짧게 경례를 올린 대원이 내려가고, 그녀의 시선이 마크에게 향했다.

히죽!

"흐흐… 들어본 적이 있지……. 동양인 여자들로만 이루어진… 부대가 있다고… 크흑! 그냥 떠도는 전설 같은 거라 여겼는데……."

"어머, 너무 많은 걸 확인했네, 그럼?"

"대체… 당신들은… 윽!"

약을 했어도 고통이 상당한 것 같았다.

석영은 방아쇠에 건 손가락에 지그시 힘을 줬다. 편안하게 해주자는 건 아니었다. 어차피 작전 한계 시간에 임박했고, 리타를 위한 복수의 마지막만큼은 스스로 장식하고 싶었기 때문이었다.

타앙……!

퍼걱!

누가 뒤에서 잡아당긴 것처럼 고개가 뒤로 휙 재껴졌다.

탕! 탕!

석영은 이어서 오른쪽, 왼쪽 가슴에 차례대로 총탄을 박아 넣었다. 권총으로 명중시키는 건 정말 어렵지만 이 정도 거리면 충분히 경험 없는 석영도 제대로 원한 곳에 탄을 박아 넣을 수 있었다.

싱거우리만치 쉽게 끝난 복수의 씁쓸함을 음미하며, 권총을 다시 한지원에게 건넸다.

"마무리가 좋네?"

"뭐… 보고 배운 게 있으니까."

"좋아. 나머진 내가 정리할게."

"……."

석영이 고개를 끄덕이자 그녀는 바로 탄창을 확인하곤 결박당해 무릎을 꿇고 있는 아랍권 용병과 흑인 용병의 대가리를 날려 버렸다.

탕! 탕!

탕탕탕!

타앙……!

석영이 했던 것처럼 이마에 한 발, 양 가슴에 한 발씩 확인 사살을 넣는 걸로 용병 삼십을 모조리 정리했다.

"정리 끝. 가자."

"……."

그러곤 뒤도 돌아보지 않고 몸을 돌렸다.

러시아에서의 복수 작전은 이렇게 완벽하게 마무리가 됐다.

*   *   *

위이이이잉!

가스터빈 모터 특유의 찢어지는 소리가 귀를 거칠게 어지럽혔다. 게다가 선수가 들렸다가 떨어지면서 해수면을 갈겨 바

덧물을 사정없이 튀기게 해서 옷까지 흠뻑 젖게 만들고 있었
다.

석영은 봉대산의 작전이 끝나고 집으로 바로 복귀하지 않았
다. 일단 폭발물까지 터져 곧 군이나 경이 출동할 게 뻔했고,
사건 경위를 알아보다 보면 석영과 한지원의 흔적이 분명 어
딘 가에서 걸려들 게 분명했기 때문이다.

물론 그걸 의식해서 몇 번이나 차량을 갈아타고 왔지만 알
다시피 한국의 CCTV 분포도는 세계 최강이라 분명 어딘가에
서 꼬리가 잡히고도 남았다. 그래서 석영은 아예 한지원의 말
을 따라 한국을 벗어나기로 했다.

어떻게?

월내항에서 이 고깃배로 좀 빠져나가, 라쿤 상회의 픽업을
받기로 했다. 두 대의 고깃배가 1시간을 내달려 약속 장소에
도착했다. 그러자 조금 이따가 새까만 고속정이 새벽어둠을
뚫고 다가왔다.

라쿤 상회의 고속정이었다.

고속정에 오르니 깔끔한 정장 바지와 셔츠 차림의 일본 사
내가 살벌한 투 핸드와 함께 서 있었다.

"홍, 안 죽었네?"

비꼬듯이 날아든 그 말을 한지원이 가볍게 받았다.

"누구 좋으라고 그딴 놈들에게 죽겠어?"

"흥! 헤이, 픽업했어!"

코웃음을 친 그녀가 안에다 대고 소리치자 '오케이!'라는 묵직한 중저음의 대답이 들려왔다.

부우웅!

고속정이 움직이기 시작하자 석영은 선체 내부를 둘러봤다. 그러다 어느 발사물에 눈이 딱 고정됐다.

"이건……"

"오빠, 이게 뭔데?"

"어뢰… 같은데?"

"어뢰? 헐."

신기했는지 아영은 어뢰에 다가가서 툭툭 두들겼다. 그러자 바로 투 핸드의 목소리가 날아들었다.

"헤이, 레이디. 우리 모두를 달나라까지 데려가고 싶은 게 아니라면 관심 끄지?"

"아… 넵!"

아영은 투 핸드의 말에 잽싸게 뒤로 물러나 석영의 뒤로 숨었다. 그러곤 조용히 속삭였다.

"난 저 쌍권총 언니 이상하게 무섭다……"

"……"

듣고 있는데도 대놓고 말하면서 무섭긴 개뿔이 무섭나? 투 핸드도 그런 아영을 어이없다는 듯이 보다가 피식 웃곤 안으로 들어갔다.

"아래층에 자리가 있습니다."

락의 말에 한지원은 고개를 저었다.

"그냥 여기서 쉴게요. 창미 언니, 나는 안에 들어가서 얘기 좀 하고 나올 테니까 알아서 쉬게 해."

"응."

치익.

후우…….

선수에 걸터앉은 나창미가 담배를 하나 꺼내 물었고, 그녀를 시작으로 전부 담배를 꺼내 입에 물었다. 그 틈에는 석영도 끼어 있었다. 짭짤하면서도 어딘가 찝찝한 바닷바람을 맞으며 피우는 담배? 솔직히 그리 좋진 않았다. 염분 낀 바람 자체를 석영이 싫어했기 때문이다. 게다가 바람이 역으로 불어재며, 연기며 죄다 얼굴로 날아왔다. 뒤돌아 태우면 되겠지만 어쩐지 그건 또 싫었다.

"오빠."

"응?"

"우리 요즘 참 여기저기 잘 싸돌아다닌다. 그치?"

"……."

석영은 말없이 고개만 끄덕여 그 말에 수긍했다.

진짜 아닌 게 아니라 미국부터 러시아, 이번엔 어딘지 정확히 얘기는 안 해줬지만 동남아로 간다.

일 년도 안 됐는데 벌써 세 번이나 한국을 벗어나고 있었다. 그 이전에는 수학여행으로 일본 한 번 갔다 온 게 전부였는데 말이다.

"그나저나 우린 왜 부른 걸까?"

"가봐야 알지 않겠냐? 중요한 일이라고 했으니 놀러오라고 부른 것 같진 않고."

"음… 막 무서운 사람들 있는 거 아냐?"

피식.

솔직히 무서운 사람들이 있다고 겁먹을 아영이가 아니었다. 요즘 여성스럽게 보이고 싶은 건지, 아니면 콘셉트를 이렇게 잡은 건지, 비에 젖은 고양이 같은 눈망울로 올려다보고 있지만 아쉽게도 석영에겐 크게 와닿지 않았다.

"그냥 조용히 쉬다 왔으면 좋겠다. 여름옷도 잔뜩 싸왔는데."

"놀러 가냐?"

"가는 김에 좀 놀면 어때? 후후, 비키니도 가지고 왔지롱!"

피식.

당당하게 그리 얘기는 하지만, 석영은 어째 알 수 있을 것 같았다. 아영이 챙겨 왔다는 비키니, 그건 이번엔 입을 일이 없을 거라는 걸 말이다. 잠시 뒤에 한지원이 밖으로 나왔다.

바람에 흩날리는 머리카락을 모아 끈으로 묶은 그녀가 석영의 옆에 앉았다.

"도착하기 전에 마음의 준비를 좀 해놔."

"마음의 준비?"

"웅. 가면 아마⋯ 좀 놀랄 거야."

"⋯⋯."

뭔데 천하의 한지원이 이런 말을 하는 걸까? 석영은 고개를 끄덕이긴 했지만 그리 크게 와닿지는 않았다. 하지만 몇 시간 뒤, 목적지에 도착한 석영은 한지원이 말한 마음의 준비의 뜻을 아주 확실하게 이해할 수 있었다.

폭력과 범죄, 환락의 무법 도시, 로아나프라는 정말 마음의 준비가 필요한 곳이었다.

"허……."

석영은 저도 모르게 바람 빠지는 신음을 흘리고 말았다. 그리고 정말 자신이 보고 있는 게 현실인지 눈을 끔뻑이며 다시 돌아봤다.

"세상에나……."

아영도 놀라서 눈만 껌뻑거렸다.

두 사람을 이렇게 놀라게 한 게 대체 뭘까?

풍경, 그리고 분위기였다.

"오빠… 우리 또 어디 이상한 세상으로 날아온 거야?"

"아닐걸……."

분명 필리핀을 지나 인도네시아 쪽 섬으로 들어왔다. 그런데 여긴 완전히 다른 세상 같았다. 일단 사방에 총기가 널렸다. 나무로 만든 테이블 위에 너도 나도 권총을 올려놓고 카드 게임이나 식사를 하고 있었고, 어떤 식당은 출입문 옆에 기관총을 설치해 놓았다.

대한민국에서 총을 보는 건 극히 드물다.

경찰이 찬 가스총 정도가 아니면 일반인은 군대를 가야만 볼 수 있는 게 총기다. 하지만 이곳에선 지천에 널려 있었다.

그게 끝이 아니었다.

누가 봐도 몸을 파는 것처럼 보이는 여성들이 엉덩이만 겨우 가리는 원피스를 입고, 가슴을 훤히 내놓은 채 어깨에 소총을 비껴 메고 있었다.

하지만 두 사람을 더욱 놀라게 한 건 도시가 가진 칙칙한 분위기 때문이었다. 수많은 사람이 지나다니고, 생활하는데 활기라고는 눈을 씻고 찾아봐도 없었다. 어둡고, 암울한 분위기가 사방을 뒤덮고 있었다.

감각에 민감한 석영은 부두에 발을 내리자마자 그걸 느꼈었는데, 한지원과 함께 마을의 중심부로 들어선 순간부터는 더더욱 심하게 느꼈다.

"미치겠다……. 하하."

아영이 헛웃음을 터뜨렸고, 이번만큼은 고개가 절로 끄덕여질 정도로 공감했다.

"마음의 준비를 하라고 한 이유, 이제 알겠지?"

"확실하게. 대체 여긴 뭐야?"

"폭력과 범죄, 환락의 무법 도시, 로아나프라."

"아니, 도시 지명은 됐고, 대체 이런 도시가 지구상에 어떻게 존재하는 거지?"

"세계열강들의 속사정에 의해서?"

"……."

"마약, 재래식 무기의 최대 밀수 지역이지. 오면서 봤겠지만 섬이 엄청 많았잖아?"

"보기야 봤지."

한두 개가 아니었다.

못해도 수백 개였다.

위쪽 남중국해의 남사군도까지 포함하면 셀 수도 없을 정도였다.

"베트남 전쟁 이후 만들어진 지역이야. 마약을 운반하고 재래식 무기를 이곳으로 들여와 섬에 보관하다가 세계 각지로 다시 내보내는 거지. 여기서 문제. 재래식 무기를 가장 많이 보유한 국가가 어디일까?"

"음……."

한지원의 문제를 들은 아영이는 골몰히 생각에 잠겼다. 하지만 반대로 석영은 문제를 듣는 즉시 금방 알 수 있었다.

"미국, 중국, 러시아."

"빙고. 역시 군대를 갔다 온 남자는 다르다니까? 그럼 문제 하나 더. 이 재래식 무기의 최대 소비처는 지금까지 어디였을까?"

애매하지만, 이번 문제도 짚이는 곳이 있었다.

"아프리카……?"

조금은 자신 없게 나간 말이지만, 정답이었다.

"이번에도 빙고. 하지만 하나 더 있어. 이슬람 전쟁도 마찬가지야. 두 대륙의 부족 전쟁, 내전은 세계열강들이 자국의 정치적, 외교적 사정으로 인해 대부분 일으켰다고 보면 맞아. 화해를 하려고 해도 특수 팀이 들어가 우두머리를 빵! 하고 쏴죽이면 바로 내전으로 번지는 거지. 그럼 무기가 필요하고, 이 무기는 대부분 여기에서 아프리카나 중동으로 건너가. 지리적 조건이 여기만큼 최고인 곳도 없지. 그래서 이런 곳이 만들어진 거지."

"……."

그런데도 언론에 한 번도 나오질 않았다.

열강의 완벽한 정보, 언론 통제였다.

"처음에는 물론 이런 곳은 아니었어. 전쟁을 피해 도망친 사람들이 모였고, 스스로를 지키기 위해 총을 들었던 게… 이렇게 변해 버린 거지."

"흠……."

한지원의 설명을 들으면서 석영은 차가 잠시 멈추자 창밖을 바라봤다.

타앙!

실랑이를 벌이던 중, 갑자기 사내 하나가 총으로 상대의 머리에 대고 그대로 방아쇠를 당겼다. 대가리가 휙 젖혀지면서 머리에 구멍이 뚫린 상대는 그대로 바닥에 고꾸라졌고, 검붉은 피를 줄줄 흘려대기 시작했다.

"맙소사……."

아영도 그 장면을 보곤 입을 떡 벌렸다.

일말의 고민도 없이 방아쇠를 당겼다. 한두 번 당겨본 게 아닌 듯 그냥 당겨 버렸다. 석영은 그걸 보곤 헛웃음을 흘리고 말았다. 상식적으로 저게 말이 되나? 싶었지만 두 눈으로 이미 목격했으니 부정할 수도 없는 노릇이었다.

"저 정도는 일상이야."

"이게 뭔……."

딴 세상에 온 것 같았다.

아예 다른 세상인 휘드리아젤 대륙도 이 정도로 무법 지대는 아니었다. 그곳에도 법이 있고, 질서가 있었다. 문물은 이

곳보다 뒤떨어지고 마법이란 게 발전한 요지경 판타지 세상이
었지만 체계는 확실하게 잡혀 있었다.

그런데 21세기 지구에서 저런 일이 버젓이 존재하다니, 어
처구니가 없다 못해 아예 믿겨지지도 않았다.

사람을 죽이는 것?

석영도 해봤다.

세상이 이 따위로 변하면서 석영도 살인자 그룹에 몸을 담
았다. 당장 한국만 해도 어두운 밤, 차이나타운이나 외국인
노동자들의 주거 지역에서는 이런 일이 심심찮게 벌어진다고
는 하지만 그래봐야 석영에게는 딴 세상이었다.

부웅!

차가 다시 출발하면서 석영은 생각에서 벗어났다. 그러곤
고개를 절레절레 저었다. 평범하지 않은 곳. 상식에서 아찔하
게 멀리 떨어진 도시. 이해할 수 없는 걸 이해하려고 머리가
지끈지끈거리는 건 사양이었다.

차는 목적지에 20분쯤을 더 달려 도착했다.

차에서 내린 석영은 바로 앞에 떡 버티고 선 병원을 바라봤
다.

"여기야, 우리 본부."

"병원⋯⋯."

"이래봬도 위관 계급 달고 있는 대원들은 전부 의사 면허가

있어."

"의사 면허?"

"응. 물론 나도 있고. 근데 나야 현장에서 많이 뛰니 거의 장롱 면허에 가깝고. 여기에 주둔 중인 대원들은 대부분 전, 현직 의사, 간호사들이었거든."

"……"

맙소사…….

사정이 있는 초엘리트 집단이었다.

"실력도 웬만한 대학 병원 전문의 뺨 후려칠 정도는 되니 수입이 꽤나 짭짤해. 오면서 봤겠지만 여긴 대낮에도 총을 갈기는 곳이거든."

"하하……."

이쯤 되면 말도 안 나온다.

"일단 들어가자. 대령님이 기다리고 계셔."

"……"

그냥 말없이 고개를 끄덕이고 안으로 한지원을 따라가자 러시아에서 봤던 대원들이 간호사 복장으로 석영에게 반갑게 인사를 해왔다. 물 빠진 군복을 입은 모습을 보다가, 새하얗거나, 아니면 연한 핑크색 간호복을 입은 이들을 보자 갑자기 골이 지끈지끈거렸다. 러시아 전장과 이곳에서의 괴리감이 정말 엄청났다.

"놀랐다. 놀랐어. 호호!"

"그러게, 생각보다 순진한데?"

카운터에서 접수와 계산을 맡고 있던 대원 둘이 쿡쿡거리며 웃었다. 저 둘… 저격수다. 자기 키만 한 대물 저격총으로 개미들의 눈을 1㎞ 밖에서 꿰뚫어 버리던 초특급 저격수들이다. 그런 둘이 카운터에서 접수와 계산을 하고 있었다.

"오빠… 나 어지러워……. 어흐!"

아영도 마찬가지였는지 영 정신을 못 차렸다.

"그만 놀라고 따라와. 삼 층으로 가야 돼."

엘리베이터를 타고 삼 층에 내린 석영은 잠시 멈칫했다. 복도에 쭉 깔린 동양계, 서양계 갱들 때문이었다. 죄다 선글라스를 끼고 칙칙하다 못해 살벌한 분위기를 풍겨대니 회사원이란 오해는 절대로 할 수가 없었다.

"괜찮아. 동맹 관계라 먼저 총 꺼내지 않는 이상 싸움은 안 일어나."

"……."

한지원이야 동맹이지만, 석영은 아니었다.

갱(Gangster).

석영은 별로 좋아하지 않았다.

아니, 애초에 갱스터를 좋아하는 사람은 거의 없을 것이다.

한지원이 안내한 곳으로 들어가자, 장세미가 하얀 의사 가

운을 입고 소파에 앉아 있었다. 그리고 그녀의 옆으로 러시아
에서 봤던, 살벌한 호텔 사할린의 보스가 앉아 있었고, 그 옆
으로는 동양계의 건장한 사내가 선글라스를 낀 채로 앉아 있
었다.

호텔 사할린의 보스야 본 적이 있었지만 그 옆 다른 사내
는 처음 보는 인물이었다. 그는 굉장히 독특한 분위기를 풍기
고 있었다. 복장, 입에 이쑤시개, 선글라스까지, 딱 어느 영화
배우를 연상시켰다.

'주윤발?'

그리고 동시에 그가 출연했던 영화 중 가장 많은 사랑을 받
았던 '영웅본색(英雄本色)'이 뒤이어 떠올랐다. 석영은 아니고,
석영보다 한 다섯 살 정도 많은 남자들에게는 가히 로망이었
던 영화가 영웅본색이고, 주윤발이었다.

"왔네, 우리 병원 히든카드."

"저 친구였군."

"호오……."

장세미의 말에 씩 웃은 선글라스 사내가 일어섰다.

뚜벅뚜벅 걸어 석영의 앞까지 온 그는 손을 내밀었다. 잠시
그 손을 보던 석영은 마주 잡았다.

씨익.

미소가 더 진해졌다.

"반갑네, 친구. 창이라고 부르면 되네."

"그를 부를 땐 편하게 창 상. 이렇게 부르면 돼."

장세미의 설명이 이어졌다.

뒤에 상은 아마 호칭일 것이다. 한국의 씨나 님과 같은.

악수 뒤에 그의 안내로 석영은 남은 빈자리에 앉았다.

장세미와 석영이 마주 보고, 호텔 사할린의 미스 발할라와 창이 마주 보는 그림이었다. 네 사람이 이렇게 마주 앉으니, 분위기가 아주 그냥 죽여줬다. 하지만 석영은 이 분위기에 자신이 크게 불편함을 느끼지 않고 있다는 것이 조금 찝찝했다. 그런 거다. 마치 나는 이들과는 그래도 다르다, 하는… 철없는 생각.

그래서 석영은 그 생각을 얼른 집어던져 버렸다.

이렇게 갱단 보스들과 함께 자리를 해야 하는 이유가 있을 것이고, 그 이유를 알기 위한 대화에 그런 철없는 생각은 하등 도움이 안 된다는 걸 깨달았기 때문이었다. 석영의 변화를 눈치챘는지 셋이 동시에 묘한 미소를 입가에 그렸다.

"대화할 준비가 된 것 같으니 시작하지. 원장?"

"그런 것 같네."

분위기는 나름 우호적이었다.

훈훈한 정도는 아니지만 서로가 서로에게, 아니면 저 셋이 석영에게 적대적인 감정이나 못마땅한 기색을 보이는 건 아니라 일단은 마음이 편했다. 이야기의 포문을 연 것은 선글라스의 사내, 창이었다.

그가 담배를 하나 꺼내 물고, 불을 붙인 다음 상체를 주욱 앞으로 내밀며 입을 열었다.

"이렇게 보자고 한 건 사자 동맹 건 때문일세."

사자가 초원의 왕 사자나, 죽은 사람을 지칭하는 사자는 아닐 거라는 건 당연히 알고 있었다. 사자, 즉 여기 모인 넷을 일컫는 말이었다. 석영은 대답 대신 그를 빤히 바라봤다. 동맹이라는 단어 뜻도 안다.

하지만 그걸로 고개를 바로 끄덕일 정도로 석영이 순진한 인간은 아니었다.

"여기 장 원장과는 이미 동맹 관계에 있다고 들었네."

"……."

이번엔 그래도 고개를 끄덕였다.

제안이자, 협상이다.

이런 자리에 경험이 많지 않은 석영이라 일단 창이 하는 말을 끝까지 들어본 이후에 생각을 말할 작정이었다. 그리고 아직 이 자리에 자신을 부른 장세미가 아무런 말도 하지 않고 있었다. 무턱대고 부를 정도로 경우가 없는 사람이 아니니까, 일단은 기다리잔 마음이 뒤이어 들었다.

창, 그가 장세미와 석영을 번갈아 보고는 말을 이었다.

"그 동맹에 우리 두 사람도 지분을 좀 얻을 수 있을까, 하는 마음에 자네를 불러달라고 했네."

"흠……."

이번엔 본론이 튀어나왔고, 석영은 반사적으로 신음을 흘렸다.

'사자 동맹이라…….'

석영은 대답 대신 장세미를 바라봤다.

일단 우선은 그녀의 생각을 먼저 듣고 싶었다.

장세미는 석영의 시선을 똑바로 받았다.

새하얀 가운을 입은 그녀의 모습은 다시 봐도 확실히 이질적이었지만, 지금은 그게 중요한 게 아니었다.

"제 생각을 물을 건가요?"

"네. 당연히 동맹 우선이니까요."

"후후후. 확실히 변했어요, 좋은 쪽으로."

스윽.

칭찬과 함께 장세미도 상체를 앞으로 당겼다. 그러곤 양옆의 두 사람을 번갈아 바라봤다.

"여기 병원으로 오면서 이곳이 어떤 곳인지는 봤죠?"

"네, 어디 이상한 세계로 떨어졌나 의심했을 정도로 말도 안 되는 곳이더군요."

"무법 지대죠. 법보단 주먹, 주먹보단 칼, 칼보단 총이 앞서는 도시니까요. 그런데 그런 이곳에서……."

힐끔, 이번엔 두 사람의 시선이 장세미에게 넘어갔다.

"이쪽은 러시아 마피아, 호텔 사할린의 보스 미스 발할라고, 이쪽은 홍콩 마피아의 보스 창. 이 두 사람은 이 살벌한 곳에서 유일하게 믿을 수 있는 사람이에요."

이 정도면 상당한 칭찬이었다.

석영은 고개를 끄덕이고 다시 두 사람을 바라봤다.

미스 발할라야 이미 러시아에서 봤다.

아프간 전쟁에 참전했던 군인 출신 마피아.

'도대체 몇 살 때 참전한 거지, 그럼?'

부모의 자국 내 정치적인 이유 때문에 전쟁에 참전했다고 들었던 것 같다. 나이는 얼핏 보기로는 장세미와 비슷비슷해 보였다. 하지만 요즘 미용 기술이야 50대도 20대처럼 보이게 만드는지라 그리 신기한 건 아니었다.

설마 갱단이 피부 미용을 받는지 안 받는지는 미지수로 남겠지만 말이다.

"실력이야 이미 러시아에서 확인했으니 두말할 필요는 없겠고……."

그런 미스 발할라가 시가를 입에 물며 그렇게 말했고, 창은 선글라스 속에 눈빛을 감춘 채 입술로만 웃으며 석영을 보고 있었다. 둘 다 대답을 강요하는 눈빛들이었다. 석영은 일단 궁금한 것부터 묻기로 했다.

"목적은 뭡니까?"

"생존."

석영이 묻자마자 창이 즉답으로 이유를 설명했다.

그리고 석영은 듣자마자 이해했다.

지금 이 시대는 겉보기로는 제대로 굴러가는 것 같지만, 생존 자체에 엄청난 위협을 받고 있었다. 이제야 잡몹을 소탕 중인 러시아만 봐도 국토가 반 이상은 아작이 났다. 그걸 복구하려면? 생각만 해도 끔찍한 일이다.

전문가들도 시간과 돈이 대체 얼마나 들어가야 할지 아직 감조차 못 잡고 있었다. 삶의 터전을 잃는 건 목숨 자체를 위협받는 것이다. 인간이 살아가는 데 가장 중요한 걸로 의식주를 꼽는 게 괜히 그러는 게 아니었다.

어쨌든 이 세상은 지금 그런 세상이 되어버렸다.

이들도 자체적으로 생존을 위해 무력을 확보하려고 하고 있었다. 아마 모르긴 몰라도 캔이나 전투식량처럼 오래 보존이 가능한 식량을 엄청 사들이고 있을 것이다. 실제로 인터넷을 보면 생존 키트와 함께 불티나게 팔리고 있는 품목이었다.

목적은 완벽하게 똑같다.

석영도 생존을 위해 위험을 무릅쓰고 러시아까지 갔다 왔으니 말이다.

"조건은 똑같습니까?"

"물론, 여기 원장의 생존이 전제로 붙는 작전을 뛸 때, 우리도 합류하는 걸로 했으면 좋겠어. 그 외엔 일절 터치하는 일은 서로 없었으면 좋겠고."

"그건 제가 하고 싶던 말입니다."

신용 문제가 남았지만 그건 장세미와 한지원의 존재로 충분한 보증이 된다. 만약 이들이 한지원이 말했던 인의가 없는 자들이라면 이런 자리를 만들지도 않았을 것이다. 장세미는 몰라도 한지원은 이제 석영을 아주 잘 아니까 말이다.

"지금 바로 답해야 합니까?"

"우리가 그렇게 시간이 많은 사람들은 아니라서 말이지."

이렇게 강요받는 건 별론데…….

하지만 상황이 상황이다. 석영도 이제 여기서 며칠 쉬다가 한국으로 돌아가면 다시 휘드리아젤 대륙으로 들어간다. 그럼 이러한 상의를 나눌 시간은 거의 없다고 봐야 한다.

"그래도 오늘 처음 본 사람들과 동맹은… 당신이라면 합니까. 창 상?"

"아니, 안 하겠지, 후후. 무리한 부탁인 건 알고 있네."

"그럼에도 이렇게 급하게 동맹을 맺으려는 이유는 뭡니까?"

"그건… 우리들 사정 때문이지."

"사정? 설명 안 한 게 있군요."

"흠……. 얘기해도 되겠지, 미스 발할라?"

창의 시선이 미스 발할라에게 향했고, 그가 고개를 끄덕였다. 이어서 '물론'이라는 짧은 대답이 날아들었다.

"우리들의 소속은 아까 설명했다시피 호텔 사할린, 홍콩 마피아다. 하지만 세상이 이 지랄로 변하고 나서는 상부의 지방회 장악력이 엄청 떨어졌지. 홍콩은 일차 소환 때 거의 박살났고, 사할린이야 말할 것도 없어. 그래서 우리는 독립하기로 결정을 내렸다."

"독립……."

국가도 아니고 무슨.

그리고 갱단의 배반이야 주 단골 스토리 아니던가. 그리 신기할 것도 없었다.

"문제는 그러면서 지원받을 병력은 아예 없어졌고, 덩달아 생존에 대한 기본적인 무력을 갖추는 것도 힘들게 되어버렸다는 것에 있다. 솔직히 동맹이라고 말은 했지만……. 이건 도움을 바라는 거지."

"……."

그 솔직한 말에 석영이 장세미를 바라보자 그녀는 고개를 끄덕였다. 저 말에 틀린 부분이 없다는 의미의 끄덕임이었다.

"우리 인원이 오백, 사할린은 이쪽 원장님과 같은 정예 병사가 백 정도, 전간대대와 자네, 그리고 그 뒤에 귀여운 아가씨까지. 이 정도면 이 땅 위에서 무슨 일이 벌어져도 생존 확률이 극적으로 올라가겠지."

"음……."

창의 말에 석영은 잠시 고민해 봤다.

저 말에 틀린 부분은 없었다.

이런 시대말 아포칼립스 같은 상황에서는 솔직히 힘을 합치는 게 맞다. 백지장도 맞들면 낫다는 말이 괜히 나온 게 아닌 것이다. 그러니 현실적으로 개인으로 팀을 꾸리지 못한다면, 이렇게 동맹을 하는 게 낫다.

나아도 훨씬 낫다.

장세미, 한지원 같은 확실한 사람들이 보증은 선 사람들이니까 더더욱 낫다. 이건 생존에 대한 확률이 이들도, 그리고 석영도 올라가는 전혀 나쁠 게 없는 제안이었다. 결심이 서서 대답하기 전에 석영은 팀원이자, 이제는 평생을 함께할 '반려'에게 의견을 물었다.

"넌 어때?"

"나? 나야 오빠가 콜이면 콜. 낫 콜이면 낫 콜이지."

대답 하고는…….

말도 안 되는 콩글리시 대답에 피식 웃은 석영은 다시 창을 바라봤다.

이미 석영의 대답을 예측했는지 그는 또 씨익 웃고 있었다.

"잘 부탁합니다."

"나야말로."

벌떡!

대답과 동시에 일어난 그는 바로 움직였다. 바쁘다더니, 정말 결정이 나자마자 바로 일어났다. 하지만 일어난 이유는 따로 있었다.

문까지 걸어간 그가 문고리를 잡아 열다 말고 뒤를 돌아봤다.

"뭐 해? 한잔하러 안 가나?"

피식.

피식.

몇 사람의 실소가 흘러나오자 그가 다시 씨익 웃었다. 미소가 참 시리다는 느낌이 들었지만 그래도 아군이니 이제는 믿어봐야 할 때였다.

"이런 날은 옐로우 플래그지. 오늘은 내가 쏠 테니 어서 가자고."

"아침까지 코스로?"

장세미가 묻자, 창은 여전히 웃음을 간직한 채로 대답했다.

"물론이지. 라쿤 녀석들도 부르라고. 이제는 다 같이 한 팀이니."

"바오 녀석이 좋아하겠군."

펄럭!

문 앞에서 수하로 보이는 사내가 영웅본색에서 주윤발이 즐겨 입던 롱 코트를 걸쳐주자 소리 나게 털고는 시야에서 사라졌다. 그렇게 사라진 그에게서 시선을 떼고 다시 장세미를 바라보니 어느새 그녀도 새하얀 의사 가운을 벗고 있었다.

"뭐 해요? 창이 드물게 쏜다고 말했는데? 어서 가요."

선택권은 없는 건가?

결국 석영은 고개를 절레절레 젓고는 자리에서 일어나 그녀를 따라갔다.

*   *   *

옐로우 플래그.

전형적인 유럽식 펍(Pub)이었다.

하지만 뚜껑을 따보면 결코 전형적이진 않았다. 안은 아주 끝내줬다. 특히 여기저기 죄다, 전부 권총을 테이블에 올려놓고 카드 게임을 치고 있었고, 거의 반 수 이상은 아가씨를 무릎 위에 올려 여기저기 주무르고 있었다.

'쯔, 서부극을 봐도 이 정도는 아니겠다······.'

석영은 그렇게 혀를 차곤 아영을 힐끔 바라봤다. 그녀의 표정은 그냥 담담했다. 크게 신경 쓰는 기색이 아닌지라, 석영은 조금 안심했다.

아흥!

왁자지껄한 소음을 뚫고 여성의 신음 소리가 들리자 아영은 석영처럼 피식 웃었다.

"이건 뭐 발정난 개새끼들도 아니고……."

그 말에 석영은 안심했던 마음을 내보내고, 조금은 긴장하기로 했다.

"헤이, 바오."

"오랜만에 왔군, 창 상."

"그렇게 됐어. 여기 항상 먹던 걸로 돌려주지?"

"선불이야."

"우리 사이에 선불? 이거 서운한 걸, 바오?"

"흥! 우리 사이는 무슨! 아무리 창 상이라도 이곳의 규칙은 누구도 못 깨!"

"까칠하기는. 자, 여기. 이거면 오늘 새벽까지 넉넉하겠지?"

창의 씨익 웃으면서 묻자 바오도 비슷하게 웃으며 고개를 끄덕였다.

'폭력, 그리고 돈.'

석영은 이 두 개가 이곳을 떠돌며 지배하는 망령임을 알 수 있었다. 그런데 망령 주제에, 더럽게 강력하다. 눈을 보면 죄다 제정신이 아니었다. 한국에서는 일반인은 평생 가도 한

두 번 만나볼까 말까하는 인간 말종들이 아주 지천에 널렸다.

'어떻게 된 게 거의 죄다 사람 죽이는 걸 밥 뜨는 것처럼 쉽게 생각하는 놈들만 있는 건지…….'

감각이 그리 말해주고 있으니, 거짓일 리도 없었다.

맹신은 아니지만 석영은 자신의 감각을 확실히 믿으니 말이다.

끼이익.

펍 특유의 문이 열리면서 미스 발할라가 부관 보리스와 함께 들어섰다. 그러자 굉장히 재미난 일이 벌어졌다. 와자지껄하던 펍이 일순간 침묵에 잠긴 것이다.

"미스 발할라에 창 상……."

"어이, 그만하고 가자고."

"그래."

주섬주섬 권총과 돈을 챙기더니 다들 어색한 동작으로 자리에서 일어났다. 이곳에서 미스 발할라의 위치를 아주 정확히 알 수 있는 장면이었다.

"쳇! 발할라! 너 때문에 손님들이 다 도망갔잖아!"

"미스터 바오, 쫄보들이 도망간 걸 내 탓으로 돌리면 곤란해."

"흥! 오늘 장사 공쳤군! 이렇게 된 이상 둘이 오늘 매상을 책임져 줘야 돼!"

"그건 걱정 말라고. 비싼 놈으로 대여섯 병이면 되겠지?"

"열 병까진 인심 쓰지?"

"그렇게 하지. 중사."

"네, 대위님!"

대위라…….

아직도 군 계급으로 부르는 모습이 석영은 참 이질적이었다.

"경계병 세우고 적당히 즐기도록."

"네!"

부관 보리스가 나가고 미스 발할라는 느긋하면서도 절도 있는 걸음으로 다가와 아영의 옆에 앉았다.

"우리 귀여운 아가씨는 표정이 별로군. 무슨 일 있었나?"

"아니요. 그건… 아하하."

갑작스러운 관심에 아영은 얼굴과 말투에 곤란하다는 걸 대놓고 드러내며 대답했다. 그게 웃겼는지 미스 발할라는 코트를 벗곤 잔을 들어 아영을 향해 느릿하게 들어올렸다. 그 행동의 의미를 모를 아영이 아닌지라 같이 앞에 있던 잔을 들어서 가져다 댔다.

쩡…….

쨍도 아닌, 쩡… 하는 소리가 들린 직후였다.

벌컥!

"헤이, 창 상! 오늘 아침까지 코스로 쏜다며!"

"오우, 투 핸드. 어서 오라고. 그 말은 사실이니 마음껏 즐겨."

"으하하! 그럼 사양 않고! 바오! 이 가게에 있는 비싼 술 싹 가져와!"

투 핸드는 요란한 주문과 함께 스탠드바가 아닌 테이블에 자리 잡았다. 그러면서 석영을 힐끔 바라봤다.

화르르…….

얼굴은 웃고 있지만 석영은 알 수 있었다.

저 눈빛에, 저 미소에 담겨 있는 전투 기질을. 그걸 보면서 알 수 있었다. 저 눈빛, 살기만 빼면 차샤와 아리스가 석영을 처음 봤을 때 보였던 눈빛과 미소랑 똑같았다.

피식.

하지만 석영은 이내 빛을 무시했다.

지금은, 술맛이 괜찮았다.

episode 61
다시 대륙으로

"후……."

석영은 오랜만에 보는 이질적인 풍경에 뜻 모를 한숨을 흘렸다. 이곳은 석영에게 참 묘한 느낌을 주었다. 분명히 다른 세상인데도, 이제는 이상하게 이 이질적인 풍경이 익숙함으로 변해감을 느끼고 있었다.

고향 같은 친숙함은 아니나, 그에 준할 정도로 반가웠다.

'이러다 어디 사람인지도 까먹겠네.'

골 때리는 상황이었다.

그런 마음에 피식 웃은 석영은 찻잔을 입에 댄 채 눈만 끔뻑이고 있는 휘린을 보며 손을 들어 올렸다.

"여."

"석영… 님?"

"차 흘리겠다."

"아… 아뜨!"

꺄아!

결국엔 새하얀 원피스에 차를 흘린 휘린의 호들갑을 보며 석영은 휘드리아젤 대륙에 온 걸 실감했다. 몇 달은 걸렸다. 러시아 원정 준비, 시작, 퇴각부터 휴식에 로아나프라까지. 이미 해가 지났다.

실제로는 네 달 정도였지만 석영은 왜인지 최소 반년은 지난 것 같은 시간 차를 느꼈다. 로그아웃 장소가 이곳이 아닌데도 이 미친 시스템을 석영을 바로 이곳으로 날려 버렸다. 그래서 놀란 휘린이 원피스에 묻은 홍차를 닦을 생각도 못 한 채 눈동자만 데굴데굴 굴리고 있었다. 물론 입도 쩍 벌린 채였다. 너무 극적인 반응이라 오히려 석영이 머쓱해졌다.

"잘 지냈어?"

"와!"

그렇게 물었건만, 오히려 휘린은 후다닥 달려와서 석영의 품에 안겼다. 그리고 눈물을 터뜨렸다.

"히잉……."

"왜 울어? 사람 미안하게."

"그냥… 반가워서요… 힝."

피식.

여리다.

휘린은 솔직히 상단주의 자리에 앉을 그릇은 아니었다. 스스로 냉정해지려고 노력은 하고 있지만 그래도 사람은 본성이라는 게 있는 법이었다. 휘린은 이 성격을 죽을 때까지 버리지 못할 것이다.

그게 석영의 생각이고, 그녀를 아는 모든 사람들의 생각이었다.

"얼씨구, 조금 늦게 들어왔더니 앙큼한 암고양이가 내 남자한테 안겨 있네?"

으르릉…….

"꺄!"

그리고 뒤에서 들려온 아영이의 말에 휘린이 깜짝 놀라며 얼른 떨어졌다. 그러곤 볼을 빨갛게 물들이자 아영이의 눈에 불길이 훅 치솟았다.

툭툭.

"이러기야. 벌써 바람 피우기야?"

"그러는 걸로 보이냐?"

"그럼 외간 여자가 내 남자 품에 안겨 있는데 어떻게 보이겠어?"

툭툭.

아영이의 머리를 두어 번 쳐준 석영은 의자에 앉았다. 그러자 아영이 거칠게 그 옆에 껌 좀 씹어본 언니 포스로 앉았고 휘린이 제일 마지막으로 조심스러운 동작으로 앉았다.

헤헤…….

그러곤 석영을 보고 헤프게 웃자 아영이의 입가가 삐죽 솟구쳤다.

"이걸 그냥……."

"그만해. 너 때문에 얘기도 못 하겠다. 휘린도 정신 차리고."

"어휴."

아영은 고개를 픽 돌렸고, 휘린은 네! 크게 대답하곤 자세를 바로 했다. 그래도 다행히 얼굴 표정을 보니 정신은 차린 것 같았다.

"그 동안 별일 없었어?"

"네. 상단도 잘 돌아가고, 좋은 일만 가득했어요. 이게 다 석영 님 덕분이에요!"

처음엔 휘린을 위해서 도와준 게 아니었다.

시스템이 퀘스트를 내려줬고, 그래서 그 보상 때문에 휘린과 접촉, 그녀의 상단을 키우는 메인 퀘스트를 진행했다. 퀘스트 완료까지 쉽지는 않았지만 그래도 석영은 나름 괜찮은 보상을 받을 수 있었다.

물론 석영 말고, 휘린에게도 아주 좋은 보상이 뒤따라왔다.

왕실 지정 상단이 되었고, 그 결과 상단은 아주 쑥쑥 무럭무럭 자라고 있었다.

"그래, 잘됐네."

"정말 감사해요."

"감사하긴. 그때도 말했지만 나도 그리 순수한 마음으로 널 도운 건 아니야."

"그래도 결과적으로 이렇게 큰 도움이 됐으니 충분히 제가 감사드려야 해요."

피식.

이런 쪽으로는 또 은근히 고집이 있었다.

"그래. 그 마음 고맙게 받지."

"네, 후후. 그런데 어딘가 좀 변한 것 같아요. 음… 여유? 여유가 생기셨어요."

"그런가?"

그렇게 대답하며 석영은 본능적으로 아영을 바라봤고, 그의 시선을 받은 그녀는 손가락으로 브이를 만들어 화답했다. 석영도 아영도 대충 이러한 변화의 이유를 알고 있었다. 하지만 쑥스러우니 굳이 입 밖으로 내진 않았다.

"발키리 용병단은?"

"그게… 헤헤, 산속에 있어요."

난처한 듯 웃는 휘린을 보며 석영은 고개를 갸웃했다.

"산에 왜?"

"고립 훈련인가… 그거 한다고."

"……."

그러고 보니 넷이 돌아갈 때 울상이었던 게 떠올랐다. 표정이 그렇게 된 이유는 딱 하나, 노엘 때문이었다. 안 그래도 일이 많은데 용병단 주축 넷이 싹 이곳으로 날아왔으니 돌아가면 분명 노엘에게 장난 아니게 시달릴 게 분명하단 게 이유였다. 그리고 진짜 그렇게 됐다. 저택 안은 따뜻했지만 밖은 아직 쌀쌀할 것이다. 사계절이 뚜렷한 곳이라 한국과 기온 차이가 크게 나질 않기 때문이다.

한국도 아직 밤엔 패딩을 입을 정도다. 산속은? 훨씬 춥다……. 그런데 고립 훈련? 석영은 갑자기 혹한기 훈련이 생각나 저도 모르게 몸서리를 치고 말았다.

"언제 들어갔어?"

"차샤 단장님이랑 아리스 부단장님, 그리고 두 분 자매가 여기로 돌아오자마자 바로요."

그럼 못해도 이 주는 지났다.

"기간은?"

"한 달요."

"⋯⋯"

혹한기 한 달.

'미친⋯⋯.'

생각만 해도 소름이 쭉쭉 끼쳤다.

노엘의 그 냉정하면서도 살벌한 얼굴이 떠오르자 석영은 어쩐지 네 사람에게 미안한 짓을 한 게 아닌가 싶었다.

"그럼 경비는 누가 맡아?"

"따로 계약한 용병단이 있어요. 발키리 용병단만으로는 도저히 소화가 안 되어서요."

"흠⋯ 그래."

"앞으로 계속 여기 계실 생각이세요?"

"당분간은? 종종 돌아가긴 하겠지만 큰 문제가 없으면 여기에 있을 생각이야."

"와⋯⋯! 으⋯⋯."

휘린의 얼굴에 행복감이 다시금 퍼지자, 휙! 아영이의 고개가 초고속으로 돌아가 그녀를 바로 깨갱시켰다.

"혹시 그 외에 내가 알아야 할 일이 있어?"

"아니요. 오렌 공작께서 찾으셨는데 왕도에 계시니 제가 알아서 전갈을 보낼게요."

"아니야, 됐어. 굳이 보냈다가 올라오라고 하면 골치 아파.

거기까지 다시 가고 싶지도 않고."

"후후, 네. 참, 식사는 하셨어요?"

점심을 먹고 들어왔다.

석영이 고개를 끄덕이자 아쉽다는 얼굴이 된 휘린. 그런 그녀에게 피식 웃어준 석영은 자리에서 일어났다.

"석영 님이랑 아영 님 방은 이 층에 있어요."

"고마워."

"헤헤, 뭘요. 윽!"

휙!

헤픈 웃음이 들리자 아영이의 고개가 또 돌아갔고, 휘린은 또 찔끔했다. 석영은 그런 휘린에게 손을 흔들어주곤 돌아서며 말했다.

"목 부러지겠다."

"괜찮아. 나 튼튼해. 탱커잖아?"

"으이구······."

"귀찮을 뿐이야, 그냥. 아··· 내 남자 지키는 게 엄청 고달프겠단 생각도 같이 드는 중이고. 앵간히 잘나셨어야지?"

"그 정도 아니다."

"눈치 없는 건 아니면서 왜 그래?"

"그거야 그렇지. 그런데 내가 그걸 받아줄 것 같냐?"

"아니지. 그런 헤픈 인간이었으면 이 예쁘고 아름답고, 성격

좋고 자상한 김아영이 좋아할 리가 없지."

얼씨구……

한지원이 있었다면 머리에 꿀밤을 가장한 돌주먹이 떨어졌을 것이다. 하지만 그건 석영도 마찬가지였다.

딱!

"아! 왜!"

"정신 차려라."

"흐흐. 네에, 오라버님."

이어서 또 간드러지게 대답하곤 찰싹 달라붙었다. 아영이의 그런 행동에 석영은 이제 팔을 빼지 않았다. 서로 의지할수 있는 사이가 되고 난 이후 생긴 좋은 변화였다.

＊　　　　＊　　　　＊

이 주 만에 돌아온 차샤와 아리스, 그리고 송매 자매를 포함한 발키리 용병단의 몰골은 정말 엄청났다. 이게 사람인가싶은 몰골이었다. 석영은 돌아온 발키리 용병단을 보고 한국에서는 서울역 앞에 가면 가장 많이 볼 수 있는 거지들이 떠올랐다. 그만큼 꼴이 정말 말이 아니었다.

"뭔… 전쟁터 갔다 왔냐?"

석영을 보고 한껏 애처로운 표정을 짓다가, 냉정한 표정으로 인사를 해오는 노엘을 노려보며 차샤가 이를 갈았다.

"전쟁… 전쟁 갔다 왔지……. 우후후."

"…씻고 와. 냄새가 여기까지 난다."

거리가 2m나 되는데도 아주 그냥 오만가지 냄새가 섞인 땀내가 환장하게 풍겼다. 킁킁! 자기 몸의 냄새를 맡던 차샤가 허탈한 표정으로 입을 열었다.

"코가 막혔는지 나는 맡아지지도 않네……."

"단장 언니… 얼른, 얼른 씻으러……."

항상 여유로운 표정인 아리스도 이번만큼은 정말 지쳤는지 칼집으로 차샤의 옆구리를 쿡쿡 찌르며 재촉했다. 차샤가 '씻자!'고 소리치는 순간 인원 보충을 해서 다시 오십 명이나 되는 발키리 용병단이 일시에 흩어졌다.

기존의 단원들은 각자 집으로 갔고, 새로 보충된 인원들은 용병단이 마련한 숙소로 달려갔다.

먼지구름이 피어날 정도로 순식간에 상단 앞에서 사라지고 나자 갑자기 휑하니 공터가 텅 비었다.

"넌 안 가?"

"뭐, 어차피 나는 냄새, 좀 나중에 씻으면 어때. 그보다 언제 왔어?"

"좀 됐어."

"그놈들은 다 마무리하고 온 거야?"

"……."

석영이 고개를 끄덕이자 차샤가 씩 웃었다.

그러곤 석영의 옆에 서 있는 아영을 바라봤다.

"이따 한잔 콜?"

"콜?"

툭.

휘린한테는 그렇게 눈을 부라리면서 이상하게 아영은 차샤에게는 관대했다. 이유를 물어볼까 했지만 석영은 그냥 고개를 저었다. 비슷한 성격의 두 사람이니 뭔가 통하는 게 있을 것 같아서였다.

아영이 차샤를 따라가자 석영은 다시 라블레스 저택으로 돌아왔다.

합!

하아!

들어가기 무섭게 라울의 기합이 들려왔다. 석영은 라울이 훈련하는 모습을 한쪽에 자리 잡고 지켜봤다.

진검을 잡고 내려치기, 찌르기, 베기 등 같은 동작을 계속해서 반복하는 라울의 모습은 빛나 보였다.

평범한 재능이다.

차샤가 그랬고, 아리스도 몇 번 가르쳐 보더니 그렇게 판단을 내렸다. 하지만 석영이 보기엔 아니었다.

'저런 게 재능이지.'

라울의 진짜 재능은 노력이다.

감각, 흔히 말하는 전투 센스는 별로였다.

위기 상황에 대처하는 임기응변. 그리고 그걸 받쳐줄 순발력도 별로일뿐더러, 순간적인 판단 센스가 도저히 써먹을 수 있는 수준이 아니었다. 하지만 그럼에도 라울의 눈빛은 빛났다. 항상 자신감에 차 있었다. 자만감이 아닌, 언제고 자신은 해낼 수 있다는 자신감이 그에게 있었고, 그 자신감으로 항상 노력했다.

새벽, 오전, 오후, 야간까지.

하루 여덟 시간 동안 검을 휘두르는 건 솔직히 사람이 할 짓이 아니었다. 학창 시절 반에 투기 종목 운동부가 있었는데 그들이 딱 그랬다.

새벽에 체력 훈련, 오전에 굳히기 훈련, 오후에 대련 훈련, 야간에 고무줄 및 웨이트 트레이닝.

상상을 초월하는 운동량을 소화했고, 결국 수업만 들어오면 책상에 고개를 박고 잠들기 일쑤였다. 훈련의 강도를 아는지라 학교 선생님들도 운동부가 자면 아무런 말도 안 했고, 오히려 감기 들린다고 자기 모포를 챙겨 덮어줄 정도였다.

운동부가 진짜 그렇게 힘들게 훈련을 한다. 근데 그게 시킨다고 소화되는, 생각처럼 쉬운 게 아니었다.

엄청난 인내가 베이스에 깔려야 함은 물론, 육체의 부상과도 항상 싸워야 한다. 시합 시즌이면 더욱 심했다. 어쨌든 정말 쉬운 게 아니었다. 그래서 중학교 때 신입생이 열 명이면 최소 셋 이상은 못 버티고 그만둔다.

버티더라도 원해서 훈련에 임하는 이들은 정말 극소수였다. 그리고 그 극소수가, 결국은 정상으로 올라간다. 라울은 그들과 거의 흡사한 훈련량을 항상 즐겁게 소화하고 있었다. 노기사 헨리의 가르침을 추호의 의심도 하지 않고, 끝까지 따랐다.

'대단해, 진짜……'

이후 10분쯤 더 담배를 피우며 그의 훈련을 지켜보던 석영은 다시 자리에서 일어났다. 날씨가 쌀쌀해지고 있었다. 그래서 저택으로 들어갈 생각이었지만, 들어가지 못했다.

두드드드…….

대지가 진동하면서 일단의 무리가 저 멀리서 라블레스 저택을 향해 똑바로 몰려오고 있었다.

'뭐지?'

석영은 고개를 갸웃했다.

일단 적은 아니었다. 적이었다면 피부를 찢을 것 같은 살기나, 투기가 느껴졌어야 했는데 그런 감각은 일절 느껴지지 않았다. 그러니 적일 가능성은 거의 없었다. 눈가를 좁히고 집중해 보니 무리의 선두에 보이는 깃발에는 처음 보는 문양의 새

겨져 있었다. 한 개의 방패를 바탕으로 열십자로 창칼이 교차하고 있는 문양.

이곳에 와서 휘린에게 각 상단, 귀족가의 문양에 대해서 한 번 들은 적이 있었고, 직접 그림으로 본 적도 있었지만 저런 문양은 본 적이 없었다.

워워.

선두가 깃발을 높이 들고 서서히 속도를 낮추기 시작했다. 혹시 몰라 석영은 활을 꺼내 손에 쥐었다. 저러다가 갑자기 공격을 해오면 답이 없기 때문이었다. 하지만 그런 일은 일어나지 않았다.

선두가 멈추고 중, 후미도 전부 라블레스 저택 앞에 멈춰섰다. 뭔 일인가 싶어 근처의 사람들이 모두 고개를 돌린 가운데, 선두가 쭉 갈라지며 한 사람이 말을 타고 걸어 나왔다. 석영은 그 사람을 보고는 안심하며 활을 다시 집어넣었다. 간만에 보는 사람이고, 이곳에서 유일하게 믿을 수 있는 고위 권력자였다.

오렌 관리관, 아니, 이제는 공작이 된 오렌 공작이었다.

"오랜만이네."

"네, 오랜만에 뵙습니다. 근데 어찌 알고 찾아오셨습니까?"

"이곳 치안대에서 연락을 넣어왔네. 자네가 돌아왔다고. 왕도로 부를까 하다가… 불러도 어차피 안 올 것 같아서 직접

왔네."

하긴, 부른다고 갈 생각은 없었다.

그리고 사실 석영은 이 나라의 여왕이 함부로 부를 수 있는 사람도 아니었다. 다른 사람도 아니고 초인이다. 인간의 능력을 벗어났기에, 감히 초인이란 칭호를 얻은 사람이다. 초인은 국가급 전력이란 소리까지 있다. 그런 칭호를 받은 석영을 왕도로 오라고 한다고? 세인들이 알면 미쳤다고 대번에 손가락질하고도 남았다.

"공작이 되신 것을 축하드립니다."

"자네 덕분일세."

오렌 공작.

그는 얼음 같은 사람이었다.

색으로 표현하라면 시리도록 푸르른 파란색? 그런 느낌이었다. 그렇게 차가운 얼음 같은 사람이 지금은 상당히 녹아 있었다. 자리 때문에? 아니었다. 그는 지금 그 나름, 석영을 만난 것에 대해 반가움을 표시하는 중이었다.

"계속 이렇게 세워둘 건가?"

"음… 제 집은 아니지만 일단 들어가시죠."

"그러세."

오렌 공작은 부관에게 몇 가지 지시를 내리고는 석영을 따라 안으로 들어왔다. 라블레스 저택의 주인인 휘린이 외출 중인지라, 일단은 석영이 움직였다. 집안일을 도와주는 메이드에게 차와 간단한 다과를 준비하게 하고 그를 응접실로 안내했다.

"이곳도 오랜만이구만."

"그날부터 꽤 시간이 지나기는 했습니다."

"그러게 말일세. 그날 여왕님을 모시고 이곳으로 피신했던 게 엊그제 같은데… 참 많은 일이 있었어."

중간을 훅 뛰어넘는 말에 석영은 그냥 조용히 웃기만 했다. 메이드가 와 차와 다과를 내려주고 떠났다. 석영은 차를 마시면서도 그에게 왜 찾아왔냐고 묻지 않았다. 공작이다, 공작. 그런 그가 정말 석영을 보고 싶어 찾아왔을까?

'말도 안 되는 일이지.'

지나가던 개가 컹! 콧방귀를 뀌고 갈 말이랑 똑같았다. 그러니 오렌 공작 정도 되는 거물이면, 반드시 온 이유가 있을 거라고 석영은 생각했다. 하지만 요즘 석영은 변했다. 상대가 용건을 꺼내지 않는 이상, 본인이 먼저 나서지 않았다.

차를 반 잔 정도 마실 때까지는 둘이 어떠한 대화도 없었다. 그러다 그가 남은 반 잔을 다시 반 정도 마셨을 때, 처음 입을 열었다.

"자네 성장했군."

피식.

뭘 이 정도로…….

"보고 배우는 게 요즘 좀 많습니다."

"후후, 배움이란 크든 적든 사람을 성장시키지. 좋은 일이네."

"감사합니다."

짧게 인사를 하면서도 석영이 잠자코 있자 오렌 공작이 너털웃음을 터뜨렸다. 그러곤 자세를 바로하곤 입을 열었다.

"왕국의 첩보 세력이 대륙 사방에서 보내는 정보에 의하면… 자네를 노리는 세력이 있는 모양이야."

"노린다는 의미는……?"

"자네가 생각하는 둘 다네. 싹을 짓밟고 싶은 세력. 그리고 저격수라는 초인을 영입하려는 세력."

"흠……."

오랜만에 들어왔더니 벌써 또 일이 생기려 하고 있었다. 석영은 이런 게 참 싫었다. 그냥 조용히… 진짜 조용히 좀 있고 싶었다. 이유야 당연히 지구에서 일이 많았기 때문이다. 그래서 이곳에서 좀 쉬고 싶었는데, 역시나 그리 쉽게 휴식을 허락하진 않았다.

"제가 어떻게 해드리면 됩니까?"

이번엔 석영이 물었다.

석영이 터를 잡은 곳은 프란 왕국이다.

하지만 프란 왕국 내에서 석영의 위치는 굉장히 애매했다.

라블레스 상단을 위해 움직이지만 직접적인 고용 관계는 아니었다. 오히려 석영이 갑에 위치해 있었다. 그러한 사실은 발키리 용병단과 오렌 공작, 그리고 마리아 여왕밖에 모르고 있었다.

그 외에 사람들은 저격수가 프란 왕국 소속이라고 마음 놓고 생각하고 있었고, 그게 문제가 됐다.

"솔직히 말하면 자네를 영입하고 싶네. 이곳을 공국으로 만들어 공왕의 작위를 줘서라도 말이야."

"……."

피식.

왕을 하라고?

아웃사이더 출신인 석영에게?

나라 말아먹기 딱 좋은 선택이 될 것이다.

"그럼 부군은 어떤가?"

"사랑하는 사람이 있어 그건 거절하겠습니다."

"이런 아쉽군."

말은 그렇게 했지만 별로 아쉬운 표정은 아니었다.

그는 석영이 애초에 이 두 가지 조건을 받아들이지 않을 거라고 확신하고 있었기 때문이다. 오렌 공작은 오랜 세월 권력자들을 봐왔고, 몇 번만 만나보아도 그들이 어떤 사람인지 금방 파악했다.

처세술에 안목, 연륜까지, 여러 가지가 합쳐져 생긴 그만의 재주였다. 그런 그가 보기에 석영은 물질적인 것에 움직이는 부류가 절대로 아니었다.

"솔직히 말하겠네. 자네를 이 왕국에 계속 있게 하려면 나는, 프란 왕국은 무엇을 제시해야 하나?"

"……."

보통 저렇게 말하는 건 급한 경우가 대부분이었다. 애초에 협상할 의지가 없다는 걸 시인하는 말이기 때문이었다.

'소속이라…….'

아직 석영은 어디에도 적을 두지 않았다. 그리고 적을 두고 싶은 마음도 없었다. 하지만 이곳에서는 이미 너무 많은 인연을 만들었다. 만약 이 상태에서 석영이 이곳을 떠나면? 프란 왕국은 결코 아름답지 못한 상황에 처하게 될 것이다.

'그러니 떠날 수는 없겠고…….'

솔직히 말해 이미 정이 들었다.

차샤도, 휘린도, 송까지. 이 세 사람에게 무슨 일이 생기면… 자신이 어떻게 변할지 예측조차 되질 않았다.

그러니 이곳을 떠날 수는 없다.

라블레스 상단도 이제 겨우 자리를 다시 잡아가는 판국이라 석영이 빠지면 아마 이 자리를 노리고 수많은 늑대가 달려들 것이다. 석영은 마음 약한 휘린이 그걸 견디기는 어려울 거라고 봤다.

발키리 용병단이 있어도 인원의 한계가 있다.

상단이 커지면 커질수록, 커버해야 하는 반경도 훨씬 늘어간다. 지금도 벅찬 상태고, 고용할 만한 용병도 제한적이기까지 한 상황.

'내가 요구할 수 있는 건… 정해져 있었네.'

안전.

보호.

생존.

나를 위협하는 그 모든 것들을 방어하는 단어들. 그것을 지켜준다는 확실한 약속. 석영이 요구해야 할 것들이었다. 문제는 요구했는데 들어준다고 했을 때였다.

'오렌 공작은 믿을 수 있겠지.'

하지만……

오렌 공작은 과연 실권을 전부 잡았을까?

그에게 반발하는 세력은 없을까?

석영은 궁극적으론 라블레스 상회가 홀로 자립할 수 있을 때까지는 이들이 도와줘야 한다고 봤다.

마리아 여왕도 문제였다.

석영은 마리아 여왕이 정말 대단하지만, 반대로 그만큼 위험한 여자라고 생각했다. 그 순하디순한 얼굴에 본심을 완벽하게 숨겨놓는 건 기본이고, 상황에 따라 굉장히 냉정하고, 잔인한 선택 또한 마다하지 않는 심성을 지녔다.

능력은 인정한다.

이쯤 되면 사실 석영에겐 선택의 여지가 없었다.

마리아 여왕과 최대한 엮이지 않으면서 원하는 바를 이루려면 오렌 공작과의 연계는 필수였다.

석영은 생각이 정리되자, 다시 오렌 공작을 바라봤다. 그는 석영에게서 시선을 떼지 않고 있어 바로 두 사람의 시선이 허공에서 부딪쳤다.

"제가 원하는 건 하납니다."

"말해보게."

"절대적인 안전."

"절대적인… 안전? 세상에 가장 무섭다는 저격수 본인의 안전을 말하는 건 아니겠고, 이곳, 그리고 발키리 용병단인가?"

역시 말이 잘 통한다.

그가 줄을 잘 서 이런 높은 자리까지 온 게 아님을 아주 짧은 대화만으로 증명하고 있었다.

"네."

"당연히 그래주겠다고 말한들, 신중한 자네가 덜컥 믿지는 않겠고, 내가 어찌 보증을 서야 하나?"

"그건 공작께서 생각하실 문제입니다."

"후후……."

왜 골치 아픈 걸 자신에게 돌린단 말인가? 석영에게 믿음을 줘야 할 건 오렌 공작과 왕국 프란이어야 할 상황이다. 잠시 생각에 잠겼던 오렌 공작이 식은 차로 목을 축이고는 입을 열었다.

"자네, 권력자 집안끼리 서로 협력을 할 때, 보편적으로 어떤 방법으로 서로에게 신뢰를 주는지 아나?"

"음……."

권력자 집안끼리의 결합, 그리고 서로에게 신뢰를 줄 수 있는 방법이라……. 방법은 정말 잠시간의 고민 끝에 나왔다. 이미 오렌 공작이 앞서 말한 적이 있던 방법이다.

피식.

"그건 거절했습니다만?"

"그 방법이 아닐세."

"그거 말고 다른 방법이 있습니까?"

"있지. 내 아들과 딸을 라블레스 상단에서 맡아주게."

"……."

결혼이 아닌 인질이라…….

석영은 쓸쓸한 미소를 지어야만 했다. 솔직히 말하자면 저게 최선의 방법이긴 했다. 예로부터 자식을 인질로 보낸 경우는 수도 없이 많았다. 심지어 조선 왕조도 왕세자를 인질로 보낸 적이 있었을 정도였다.

그러나 문제가 있다.

"그건 신뢰가 아닙니다."

"아네. 근데 자네가 좋아하는 게 뭔지 도통 모르겠으니 어쩌겠나. 이렇게라도 해야지."

"흠……"

석영은 순간 과하다는 느낌을 받았다.

천하의 오렌 공작이?

반란이 일어나도 눈 한 번 깜빡이지 않고 몰아붙이던 철혈의 기질을 가진 그가 왜 이렇게까지 하는 걸까? 석영은 오렌 공작이 지금 저자세로 나오는 이유가 분명히 있을 거란 생각이 불쑥 들었다.

그래서 석영은 그를 빤히 바라봤다.

"……"

"……"

오렌 공작은 시선을 피하지 않았다.

그래서 석영은 그의 눈빛에 가득 차 있는 열망을 느낄 수 있었다. 하지만 이번에도 석영은 입을 먼저 열어 묻진 않았다. 저 눈빛에 담긴 감정이 왜 생겼는지에 대한 설명은 역시 오렌 공작 본인이 먼저 꺼내야 할 일이었다.

잠시간 서로 그렇게 마주 보다가, 오렌 공작은 한숨을 내쉬었다.

"이거… 절대적 을의 위치에 서 있으니 뭐든 쉽지가 않구만."

그럴 거다.

적응이 안 되는 게 당연한 일이다.

그는 인생의 대부분을 갑의 위치에서 살았을 테니까. 을의 위치에서 뭔가를 얻어야 하는 상황은 거의 없었을 테니 말이다.

"후우……."

큰 한숨을 내쉰 오렌 공작.

그는 곧 결심했다는 표정으로 물기 없이 바싹 마른 입술을 천천히 열었다.

"삼대 제국의 분위기가 심상치 않네."

"…네?"

이건 또 뭔… 뜬금포 터지는 소리?

석영의 표정이 요상해지는 순간, 띠링! 하는 소리가 뇌리에 울렸다.

휘드리아젤 대륙, 종말 전쟁 메인 퀘스트가 시작됐습니다.

이건 또 무슨 귀신 씻나락 까먹는 소리실까?

"종말 전쟁이라고?"

"그게 무슨 소린가?"

"아니, 아닙니다."

석영은 '하야' 한숨을 내쉬었다.

이로써 좀 전 오렌 공작의 말은 뜬금포 터지는 소리에서 메인 퀘스트가 되어버렸다. 그러니 일말의 여지가 없이 저 말은 사실이다.

'종말 전쟁이라니……'

하하, 어이가 없어서 나 원, 진짜…….

헛웃음이 절로 터져 나왔다. 그런 석영을 오렌 공작은 이상한 눈초리로 봤지만 당장 그 눈초리가 중요한 게 아니었다. 석영은 이 문제는 자신 혼자 결정해서는 안 될 거란 직감을 받았다.

"이 이야기, 오늘 당장 대답해야 합니까?"

"당연히 아닐세. 이런 얘기를 갑자기 찾아와 해놓고 당장 결정하라는 건 도리가 아니지. 일주일간 이곳에 머물 걸세. 그 안에만 대답해 주면 되네. 자네가 있으면 있는 대로, 없으면 없는 대로 우리도 방향을 정해야 하니 말이네."

"네, 알겠습니다. 그럼 오늘은 여기까지만 하고 일주일 안으로 답을 내어 찾아뵙겠습니다."

"알겠네, 후우."

메이드가 조용히 다가와 빈 잔에 차를 다시 따라주었다. 차 향이 그윽하게 퍼져 나갔지만 둘 다 머릿속이 복잡해서 느낄 겨를이 없었다. 오렌 공작은 이후 복잡한 얘기는 꺼내지 않았다. 그저 석영이 지구로 돌아간 이후 프란 왕국이 어떻게 돌아가는지 간략하게 설명하고는 저택을 떠났다.

석영은 그가 떠나고, 뒤뜰로 나왔다.

피식.

실없는 웃음이 나왔다.

"이건 진짜 해도 해도 너무하는데……."

이 빌어 처먹을 놈의 시스템은 언제나 석영에게 죽음을 동반한 고비를 선사하고 있었다. 나레스 협곡도 그랬고, 지구에서도 그랬다. 이게 진짜 엿 같아서, 시스템이 어디에 있는지만 알면 당장에 찾아가 폭발의 의지를 담은 화살을 수천 발을 먹여 버리고 싶었다. 절대로 회생 못 하게, 절대로 고칠 수 없게, 두 번 다시는 기동 못 하게 아예 산산조각 내버리고 싶었다. 그만큼 지금 이 상황이 결코 좋은 일만은 아니었다.

시스템은 무려 종말 전쟁이라 칭했다.

휘드리아젤 대륙 종말 전쟁.

이건 곧 이 전쟁에서 승리하지 못하면, 대륙은 종말을 맞이한다는 소리와 똑같았다. 그러지 않다면 앞에 종말이란 단어가 붙지도 않았을 것이다.

"참 지랄스럽다……."

이 메인 퀘스트를 포기하면?

해도 된다.

못 할 것도 없다.

이곳이 지구는 아니니까.

그냥 퀘스트를 거절하고 지구로 돌아가 버리면 모든 게 해결된다.

후우. 다시 들어오기 무섭게 정문이 열렸다.

"저 왔어요."

석영의 시선이 막 문을 열고 안으로 들어오는 휘린에게 향했다. 그리고 휘린의 뒤를 따라 들어온 송에게 넘어갔다.

'저 아이들이 죽든 말든 신경 끌 수만 있다면 말이지.'

연약하고 마음씨 착한 동생, 휘린.

귀엽고 오빠 사랑이 넘치는 동생 송.

둘의 캐릭터를 정의하자면 이렇다.

솔직히 말해 이제는 둘 다 친동생처럼 느껴졌다.

"오렌 공작님 오셨었다면서요?"

"응, 좀 전에 갔어. 앉아."

"네. 아고고……."

할머니처럼 무릎을 두드리며 소파에 앉는 휘린, 그리고 그런 그녀의 옆에 풀썩 뛰어 앉는 송을 보며 석영은 이제 막 시작되던 고민이 급정거하는 것을 느꼈다. 그리고 그 이유를 깨닫고는 풀썩 웃고 말았다.

'언제부터 내가 이렇게 인간적인 사람이 된 거지……?'

아웃사이더였는데.

사회 부적응자였는데.

이제는 이렇게 따르는 동생들이 생기고, 자신을 믿고 의지하는 동료들이 생기고, 자신을 사랑하는 사람들이 생겼다.

세상 참 요지경이라고 종말일 거라 예상했던 대격변의 날 이후 석영의 인생이 너무 심하게 변해가고 있었다. 아니, 이미 변했다.

결정이 서자 마음이 편해졌다.

"갔던 일은?"

"잘됐어요. 서로 손해 안 보는 선에서 계약이 잘 성사됐어요."

"다행이네."

석영은 이어서 송을 바라봤다.

"가서 간부들 좀 모아줘. 내가 상의할 게 있다고 하고."

"급한 일인가요?"

"응. 급하고, 위험하고. 차샤랑 아영이도 꼭 데리고 오고."

"네."

석영이 위험한 일이라고 하자 송은 웃음기를 지우곤 곧바로 달려 나갔다. 휘린은 그 위험한 일이 뭔지 궁금했지만, 묻지 않았다. 석영이 두 번 말하지 않게 하기 위한 배려였다. 그걸 아는 석영이라 눈으로만 웃어주고는 자리에서 일어났다.

"잠깐 뒤뜰에 갔다 올 테니까 여기 있어."

"네."

뒤뜰로 나온 석영은 담배를 하나 꺼내 입에 물었다.

치익.

"후우……."

새하얗지만 몸에는 더럽게 안 좋은 연기가 뭉게뭉게 피었다가, 흩어졌다.

"전쟁이라……."

다른 전쟁도 아니고 앞에 '종말'이란 살벌한 단어가 붙을 전쟁이 곧 벌어진다.

오렌 공작은 자세한 얘기는 해주지 않았지만 벌써 대륙 중앙쯤에 있는 프란 왕국에서 감지했을 정도면 제국이 몰려 있는 대륙 동북부, 그리고 악시온 반도 쪽에는 전란의 기운이 감돌고 있다고 봐도 무방했다.

마도 제국 알스테르담.

초원 제국 발바롯사.

해상 제국 악시온.

휘드리아젤 대륙의 남은 중소국이 전부 연합해도 저 셋의 국력, 기술력, 군사력에 미치지 못할 거라는 명실상부한 대륙과 바다의 패자들이다. 이 세 제국에 대한 얘기를 듣다 보면 석영은 왜인지 항상 미국, 중국, 러시아가 생각났다.

악시온은 영토 특성상 일본을 생각나게 했지만 행동은 러시아와 비슷했다.

어쨌든 패권을 쥔 세 국가는 항상 싸웠다.

사소한 국지전은 거의 하루가 멀다 하고 벌어졌고, 대규모 전투도 년에 몇 번이나 벌어졌다. 특히 놀란 건 세 국가의 치열한 첩보전이다. 지구의 세 나라도 그렇지만, 이곳의 세 제국도 마찬가지였다.

그야말로 영화, 소설 저리 가라 할 정도로 살벌한 첩보 전쟁이 아무도 모르게, 무수히 벌어졌다. 그러면서 전설처럼 유명해진 부대가 있다.

제국 첩보대.

초원 여우.

내각.

이 세 첩보대는 군이나 귀족들에게는 이미 사신에 가까웠다. 그리고 반대로 민간에는 전설로 추앙받는 아주 이중적인 부대였다.

'전쟁이 터지면 아마 그런 놈들을 상대해야 하겠지.'

쑵…….

이쪽에는 마법이 담긴 것들이 실제로 활용되고 있어서 상대하기 극히 까다로울 거란 예감이 들자, 입맛이 단박에 써졌다.

치익.

"후우……."

담배 하나를 더 피운 석영은 안으로 들어왔다.

당연히 아직은 아무도 도착하지 않았다.

그래서 휘린과 얘기를 나누고 있자 노엘을 시작으로 간부라 할 수 있는 이들이 속속 들어왔다.

그리고 그중에는 못 보던 얼굴이 있었다.

지구에서는 정말 찾아보기 힘든, 분홍빛이 아주 분명하게 감도는 금발이었다. 그래서 화사한 느낌이 굉장히 강했는데, 얼굴을 보면 그런 생각이 싹 가셨다. 볼을 가로지르는 검상이 그 원인이었다.

'아… 새로 계약했다던 용병단의 단장이군.'

휘린에게 들었다.

레이첼 용병단을 심사숙고 끝에 고용했고, 지금은 상행 다다수를 그들이 맡아주고 있다고 말이다. 그리고 아리스와의 얘기도 들었다. 서로 간 앙금이 남은 건지, 두 사람 사이의 공기는 그다지 좋아 보이진 않았다.

"이 사람이 저격수?"

앉자마자 레이첼이 석영을 보며 물었고, 차샤가 피식 웃으며 고개를 끄덕였다.

"맞아. 근데 괜히 까불진 마라. 뒤통수에 대빵 큰 혹 덩어리 달고 싶지 않으면."

"흥, 검은 맞대어봐야 아는 법."

"저 인간은 검 안 써. 그냥 네 뒤통수에 빡! 하고 화살을 먹여줄 뿐이지."

차샤와는 그리 관계가 나빠 보이진 않았다.

레이첼의 성격은 다행히 그리 모나진 않았다.

"반가워요. 레이첼이에요."

"정석영입니다."

"신기한 이름이네요. 대륙 여기저기 떠돌아다녔지만 이런 식의 이름은 처음 들어요."

그럴 수밖에.

석영은 굳이 이유를 설명해 주지 않았다.

아영이 세수를 하고 와 석영의 옆에 앉자 석영은 노엘을 바라봤다.

"이분은 어디까지 믿을 수 있지?"

"저를 믿는 만큼 믿어도 됩니다."

즉답이다.

노엘이 이렇게까지 호언장담을 하는 걸 보면 사람은 아주 확실하단 뜻이었다. 석영은 이런 건 자신이 따로 알아볼 수도 없으니 바로 본론을 꺼냈다. 오렌 공작이 꺼냈던 얘기가 조금씩 풀려 나오자, 표정들이 죄다 볼 만하게 변했다. 그리고 설명이 끝났을 땐 아주 딱딱하게 굳어 있었다.

"제국발 전쟁이라고……? 그것도 대규모?"

차샤는 진짜 놀랐는지 표정이 무척 심각했다.

"음……."

그렇게 냉정하던 노엘마저 놀라 신음을 흘렸다.

휘린은 아예 딱딱하게 굳었고, 아리스는 아리송한 표정을 짓고 있었다.

레이첼은 '후우……' 하고 크게 한숨을 내쉬었다. 그런데 표정이 어째 뭔가를 알고 있는 것 같았다. 석영의 시선을 받은 그녀가 다시 한번 크게 신음을 흘리곤, 천천히 입을 열었다.

"저번에 알스테르담과 경계를 맞대고 있는 왕국에 상행 의뢰를 받아 간 적이 있었어. 한… 두어 달쯤 지났나? 그때 심심찮게 들리는 소문이 있었는데……."

"설마… 그게 전쟁에 대한 소문이었어?"

"그래."

"헐, 맙소사……."

차샤가 결국 혀를 찼다.

저 헐, 하는 건 언제 아영에게 배워 저리 자연스럽게 써먹는지 모르겠지만, 어쨌든 그게 중요한 게 아니었다.

석영은 아직 자신이 퀘스트를 받았다는 얘기는 하지 않았다. 그 퀘스트 자체만으로도 이미 전쟁은 기정사실이지만, 알고 있는 이들은 알고 있을 정도로 이미 전화의 기운은 팽배해진 상태라고 봐야 했다.

이제 그게 일반 백성들도 피부로 느껴질 정도로 부피가 커진 상태였다. 이렇게 되면 전쟁은 반드시 터진다.

"그리고 하나 더. 알스테르담 황가에 대한 소문이었는데……."

"첩보대가 지키는 황가의 소문이 민간에 흘렀다고?"

"응, 워낙에 큰 사고가 났었나 봐. 황성이 전화에 휩싸였을 정도라던데?"

"……."

"이건 내가 아는 사람을 통해 들은 따끈따끈한 정보야. 텔레포트 메신저로 받은 정보니까."

"미쳤네……."

제국의 황성이 불타면?

바꿔 말해 미국의 백악관에 미사일이 터지면?

거의 흡사한 상황이 연출될 것이다.

최정예 군 특수부대, 첩보 요원, 암살 조 등등이 모조리 적국으로 침투, 작전을 수행할 것이다.

'하지만……'

이미 저 황성의 일 이전에, 전운은 감돌았다.

오렌 공작은 말하지 않고 갔지만 석영은 그 이유를 알 것 같았다. 국지전은 있었지만, 군비는 계속해서 증강했고, 이제는 팽창하다 못해 터질 지경에 이르렀을 것이다. 그럼 이 군비는 어떻게 소모해야 할까?

'써야지.'

아주 제대로.

기왕 모은 거 아주 화끈하게!

"후아, 미치겠다. 진짜… 뭔 전쟁이냐고. 그것도 제국발 전쟁!"

"셋이 싸우면 좋겠지만……."

노엘이 처음 말을 꺼냈는데, 말에 떨림이 느껴졌다. 그런 노엘의 말을 아리스가 받았다.

"그럴 리는 없겠지. 앙숙 관계인 알스테르담이랑 발바롯사는 무조건 전면전이겠고… 악시온은 이 기회를 놓치지 않겠지."

"악시온… 하아, 그 해적 새끼들."

차샤가 잔뜩 얼굴을 찡그렸다.

이들은 단정 짓고 있었다.

두 제국이 붙는 순간, 악시온은 그 기회를 노려 다른 중소 국가를 쳐들어올 것이라고. 왜?

옛날에도 그랬다. 그것들은 항상 두 제국의 싸움에서 어부지리를 노렸다. 그걸 처절한 항쟁으로 막아내야 했던 게 내륙의 중소 왕국 연합이었다.

"저……."

잠자코 있던 휘린이 석영을 보며 말을 꺼냈다.

"응?"

"석영 님은… 어떻게 하실 건가요?"

그 질문에 모두의 시선에게 와다다 달려들었다.

초롱초롱하진… 않았고, 간절한 애원과 불쌍함이 적당히 버무려져 있는 눈빛이었다.

이들에게 석영의 존재는 굉장히 컸다.

인연의 시작은 일종의 낚시에 가까웠으나, 그 이후부터는 정말 석영에게 큰 도움을 받았다. 무려 구명의 은! 왕성 반란 당시만 해도 석영이 오지 않았다면 분명 발키리 용병단은 그곳에서 뼈를 묻었을 가능성이 컸다.

그런데 이번엔?

스케일이 어마어마하게 커졌다.

왕국 간 전투도 아닌 무려 제국이 참전하는 전쟁, 아니, 제국과 붙어야 할지도 모르는 전쟁이 벌어질 확률이 엄청나게 커졌다. 이건 피한다고 피할 수 있는 게 아니었다. 터전을 버리고 떠난다고 쳐도 제국을 막지 못하면 결국엔 피할 곳이 없었다. 언제고 맞붙어야 하는 그런 상황이 올 건데, 그때 석영이 없으면?

"으으……."

차샤가 생각도 하기 싫었는지 몸을 부르르 떨었다.

저격수.

이 단어는 이제 적에게는 무한한 공포를, 아군에겐 무한한 용기를 북돋아주는 존재로 자리매김해 버렸다. 그런 석영이 만약 전투에 참여를 안 하고, 방관하겠다면? 아니, 아예 이곳을 버리겠단 판단을 내렸다면?

자존심 상해도 바짓가랑이를 붙잡고 매달리는 게 가장 현명한 판단이 될 것이다. 하지만 다행히 그런 일은 벌어지지 않았다.

"걱정 마. 어디 안 갈 생각이니까."

"오……!"

피식.

몇 사람이 내보인 똑같은 반응에 석영은 그냥 웃고 말았다. 석영은 아영을 툭 쳤다.

"괜찮지?"

"나야 뭐, 오빠가 한다면 따라가는 거지, 후후."

"고맙다."

"…음마, 나 감사 인사 처음 받아봄."

"그 정도는 아니거든."

아영이까지 수락을 했으니 이제 본격적으로 준비를 해봐야 할 때였다. 석영은 먼저 레이첼을 바라봤다. 어째 정보망은 이쪽이 훨씬 더 나을 것 같았기 때문이다. 신용도 이미 노엘이 검증을 해줬으니 문제될 것도 없었다.

석영은 그녀에게 정보를 최대한 모아줄 것을 부탁하고, 노엘과 차샤, 아리스에게는 최대한 인원 보충을 해줄 것을 부탁했다. 물론 이들의 성격상 인성이 잡종이면 그 자리서 턱을 날리는 성격들이라 쉽게 모이지는 않겠지만 어쨌든 최대한 모아서 훈련을 진행하는 게 최선이었다.

"휘린."

"네."

"자금이 좀 있어?"

"물론이에요. 지금 진행 중이던 것들 몇 개만 해도 최소 반 년은 쓸 식량과 무기는 구입할 수 있을 거예요."

"그래? 일단은 다행이네. 노엘."

석영이 부르자 노엘이 안경을 고쳐 쓰며 짧게 네, 라고 대답했다.

"난 훈련도 못 시키고, 준비하는 것도 이 정도가 전부야. 나머지는 노엘에게 부탁할게."

"…네, 맡겨주세요."

"부탁하지. 이따 나도 자금 좀 보탤 테니까 휘린이랑 상의해서 최대한 준비해 주고."

"네."

"그리고 오렌 공작을 만날 때 같이 갔으면 좋겠어."

"제가요?"

석영은 대답 대신 고개를 끄덕였다.

차샤나 아리스를 데려갈 수도 있지만 둘은 그런 자리에 별로 어울리지 않았다. 이것저것 따질 게 많은 자리가 될 테니, 두 사람이나 오렌 공작을 아직은 어려워하는 휘린보단 노엘이 적격이었다.

"나는?"

"안 가려고?"

"아니, 설마. 나 빼놓고 가면 가만 안 둠."

철 지난 옛날 말투지만 오랜만에 들으니 신선하긴 했다.

"저……"

레이첼이 조용히 석영을 불렀다.

"네."

"이제 함께 움직여야 할 상황이니, 확실히 알아두고 싶은 게 있어요."

"말해보세요."

"만약 전쟁이 실제로 벌어지면, 이 무리는 무엇에 목적을 둘 생각이죠?"

"음……."

중요한 질문이었다.

전쟁이다, 전쟁.

솔직히 아직 피부로 와닿지는 않지만 퀘스트까지 터졌으니 반드시 벌어질 전쟁에서 석영은 가장 큰 목적을 과연 무엇에 둘까?

이건 지구에서도, 그리고 이곳에서도 정해져 있었다.

"생존."

"……."

석영의 대답에 다들 입을 꾸욱 다물고, 눈을 빛냈다.

가장 완벽하고 현실적인 대답이었기 때문이었다.

"우린 생존을 위해서 무슨 짓이든 하는 무리가 될 겁니다."

"흐흐흐……."

차샤가 그 말이 기꺼웠는지 특유의 웃음을 흘렸고, 그와 비슷한 웃음들이 여기저기서 터져 나왔다. 석영은 괜히 이들에게 여기저기 퍼뜨리고 다니지 말라고 당부의 말을 하려다가,

노엘을 보곤 그만뒀다.

석영보다 훨씬 더 이성적인 그녀가 그 정도도 모를 리가 없었기 때문이다. 석영은 대화의 주도권을 넘기고 아영이와 함께 뒤뜰로 나왔다.

"로그아웃하면 지원이한테 오늘 대화 내용 좀 전해. 괜히 그녀랑 적으로 만나면… 진짜 피 본다."

"응, 알았어."

"너랑 나도 할 게 많겠다. 우리가 작전은 좀 뛰어봤어도 진짜 전쟁은 아직 치러본 적이 없잖아."

"많이 다를까?"

"음… 엄청."

다른 정도가 아니었다.

석영과 아영이 뛰었던 작전과는 아예 본질적으로 달랐다. 전쟁은 말 그대로 모든 걸 걸어야 한다. 국가와 국가, 단체와 단체, 생존 자체를 걸고 모든 걸 투입해서, 치열하게 항쟁해야 한다.

안 그러면?

국가는 사라지고, 국민은 죽어나가거나 노예로 끌려간다.

현대사회야 그러진 않았지만 이곳이라면 충분히 그러고도 남았다.

특히나 석영이나 아영처럼 전투를 치르는 이들에게 패배는 곧 죽음으로 직결될 것이다.

"아마 전쟁이 벌어지면 나나 우리가 제거 영순위에 오를 거다."

석영의 소문은 이미 전 대륙에 퍼졌다고 했다.

프란 왕국을 내란의 위기에서 구해낸 영웅!

보이지 않는 저격수!

그에 타겟이 된 자는 수 초 안에 목숨을 잃으리!

이런 심각하게 유치한 구절이 소문의 베이스에 깔려 있었지만 50개의 초인좌에 저격수를 올려놓는 걸 그 누구도 반대하지 않았다. 초인좌는 본인이 올라가고 싶다고 올라갈 수 있는 게 아니었다.

오직 호사가들이 그 능력을 인정하고 칭송하기 시작했을 때만 초인좌에 올라갈 자격이 생긴다. 저격수는 자격을 챙김과 동시에 바로 초인좌에 올라섰다. 반대로 저격수가 올라서며 내려온 다른 초인이 있지만 이미 그 이름은 잊혀가고 있었다.

어쨌든, 이 정도로 소문이 풀린 석영이다.

만약 전쟁의 불길이 프란 왕국으로 향할 시, 그 불길을 이끌고 오는 왕국이나 제국은 저격수를 가장 먼저 처리할 생각을 할 것이다.

'나라도 그렇게 하겠지.'

반대로 석영도 그런 생각을 가지고 있었다.

적국에 초인이 있다면?

석영은 무조건 그자부터 노릴 것이다. 반드시 찾아내서 심장이나 머리를 짓이겨 버릴 것이다. 그래야 아군이 살아날 확률이 극단적으로 올라갈 테니 말이다.

"그럼 내가 오빠 옆에 꼭 붙어 있어야겠네?"

"아무래도, 접근전은 나도 자신 없으니까."

"후후, 걱정 마. 다가오는 놈들은 그냥……"

스윽.

엄지로 목을 쭉 긋는 아영을 보며 석영은 피식 웃었다.

솔직히 말해 요 근래 아영이의 활약은 거의 없었다. 러시아에서도 몬스터가 석영에게 접근했던 적이 손에 꼽을 정도라 아영이 활약할 기회가 없었기 때문이다. 하지만 석영은 아영이의 전투 센스와 그 센스가 합쳐진 실력을 상당히 신뢰하고 있었다.

"너도 슬슬 몸 좀 풀어둬. 언제 무슨 일이 벌어질지 모르니까."

"알았어."

석영의 단단한 표정에 아영은 군말 없이 고개를 끄덕였다. 앞으로 험난한 일이 벌어질 예정이니, 실전 감각을 최대한 몸에 익혀놓는 게 중요했다. 물론 석영도 그럴 생각이었다.

"우리 참……."

"응?"

"아니, 아니야. 후후."

아영이 무슨 할 말이 있나 해서 가만히 바라봤지만 그녀는 씩 웃고는 안으로 들어갔다. 석영은 그녀가 들어가자 담배를 하나 다시 꺼내 물었다.

치익.

"후우……."

전쟁, 전쟁이라…….

솔직히 석영도 전쟁이란 단어가 그리 크게 와닿는 건 아니었다. 다만 군대를 다녀왔기 때문에 아영이보단 조금 더 잘 알 뿐이었다. 전쟁이 주는 그 참혹함을 떠올리자 인상이 단번에 찡그려졌다.

저 멀리, 하늘 건너편에서 몰려오는 먹구름을 보며 석영은 당분간 분위기 하난 죽여주겠단 생각이 들었다. 그런 생각을 들게끔 하는 먹구름이 라블레스 저택까지 당도하는 데는 그리 오랜 시간이 걸리지 않았고, 세상을 물에 잠기게 할 생각인가 싶을 정도로 엄청난 폭우가 내리기 시작했다.

*　　　　*　　　　*

쏴아…….

하늘에 구멍이 난 게 아닌가 싶은 폭우가 며칠째 내리고 있었다. 어둡고, 더러운 것들이 모조리 씻겨 나갔으면 하는 소망이 담긴 건지 신성하게 보이는 벼락이 분에 한 번꼴로 천지에 내리꽂혔다.

엄청났고, 장관이었다.

그 장관을 강제로 구경시킬 모양이어서, 사람들의 일상은 모조리 정지해 버리고 말았다. 오렌 공작이 다시 라블레스 저택을 찾은 건 폭풍우가 쏟아지기 시작하고 일주일이 지난 저녁쯤이었다.

사전에 온다고 기별을 넣어왔기 때문에 라블레스 저택은 발키리 용병단의 간부들과 레이첼 용병단의 간부들로 북적거렸다. 거의 대다수가 여성들이라 꽃향기가 가득할 거라 생각하면 오산이었다.

이렇게 폭우가 쏟아지는 날인데도 다들 훈련을 하고 왔는지 땀 냄새만 진동을 했다.

오늘의 대화 장소도 처음 종말 전쟁에 대한 얘기가 나왔던 응접실이었다.

들어온 사람은 석영을 포함해 다섯이고, 오렌 공작은 부관과 함께 들어왔다. 분위기는 그리 무겁지 않았다.

대화의 시작은 가볍게 묻는 안부였다.

그리고 서로가 안부를 전부 전했을 때, 본론이 툭 튀어나왔다.

"그래서… 답은 내렸나?"

더 이상 진지해질 수 없을 정도로 굳은 눈빛에 석영은 그동안 생각하면 내렸던 결론을 꺼내, 전했다.

"피할 방법이 없으니, 적극적으로 참여해 볼 생각입니다."

"호… 그거 정말……. 후훗."

오렌 공작의 얼굴에 정말로 처음 보는 미소가 크고 넓게 그려졌다. 그를 아는 사람들이 봤다면 정말 깜짝 놀랄 반응이기도 했다. 실없이 웃던 오렌 공작이 감정을 수습한 건 부관이 뒤에서 크흠, 하는 기침 소리를 내었을 때다.

"큼, 미안하네. 너무 기뻐서 그만 결례를 범했네."

피식.

석영이 이곳에 남고, 전쟁에 참여해 준다는 게 천하의 오렌 공작을 실성한 사람처럼 만들 정도로 기쁜 일이었나 보다.

"대화를 계속 이어가세나. 물론 완전히 프란 왕국에 소속된다는 뜻은 아닐 테지?"

"당연합니다."

이젠 오렌 공작도 석영의 성격을 어느 정도 파악하고 있다 보니, 그가 어딘가에 소속되는 걸 극히 꺼려 한다는 걸 알고 있었다. 그러니 석영이 남아 도와주겠다고 해도 그건 프란 왕국에게 줄 도움이 아니었다.

"말해보게. 자네가 원하는 건 반대하는 대신들의 목을 쳐서라도 내 전부 들어주겠네."

"저를 싫어하는 귀족이 있습니까?"

"말이 그렇다는 얘기네. 아, 물론 있기도 하네만, 죽고 싶지 않고서야 한 톨의 헛소문도 퍼뜨리지 못할 걸세. 나나 여왕님이 가만있지 않을 테니 말이네."

피식.

이제는 농까지 하는 오렌 공작에게 석영의 시선을 받은 노엘이 하나씩 '요구 조건'을 말하기 시작했다.

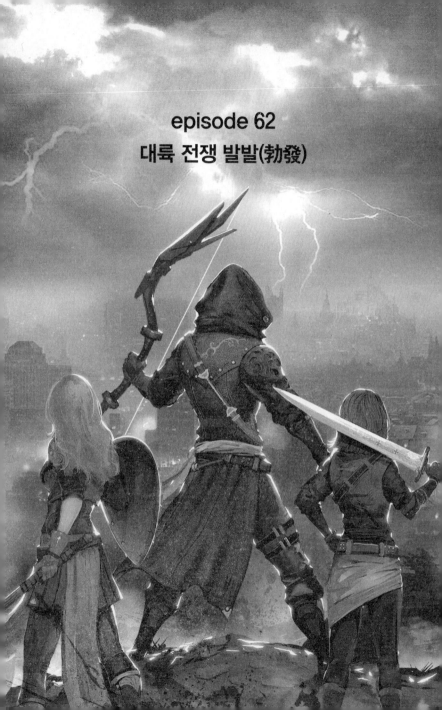

episode 62
대륙 전쟁 발발(勃發)

노엘은 대단했다.

부관은 물론 그 냉정한 오렌 공작이 기가 질린 표정을 지을 때까지 악착같이 원하는 바를 요구했다.

군량을 포함한 보급품은 기본이고, 그녀는 이 도시를 아예 요새화시키기를 원했다. 이 도시는 모든 물류가 몰려들어 이동을 편하게 하기 위해 상당히 개방적으로 성벽을 지었다. 주변 도로도 마찬가지였다.

진짜 전쟁이 터진다고 가정을 하면 프란 왕국의 왕도를 공략하기 위해선 필수적으로 지나가야 하는 길이 있는데, 북부

군사 요새 한 곳과 이곳, 도시 리안이었다. 그래서 노엘은 전쟁이 터지기 전 최대한 이 주변을 정비하고 요새화시키기를 원했다. 각 요충지에 최소 오백에서 천 이상이 주둔할 수 있는 요새를 증축해 주기를 원했다. 그런데 그 수가 무려 스물네 곳이었다. 동서남북에 최초의 요새를 두고, 그 뒤를 각 지점마다 계속해서 요새를 만들었다. 어느 한 곳이라도 뚫지 않고 들어가면 사방에서 협공을 가할 수 있으니 결국에는 무시하고 지나갈 수 없도록 만들어놨다.

한 군데도 시간이 들어가는데 무려 스물네 곳을?

오렌 공작이 본 전쟁 개전 시기는 길게 잡아야 반년이고, 빠르면 삼 개월이었다. 아직 적지 않은 시간이 아직 남아 있었다.

다행히 이곳 리안은 인구가 엄청났다.

물류의 보관과 이동을 위해서 인부로 일하는 성인 사내 또한 많았다. 각지에 공문을 날리고, 이곳 인부들을 고용한다는 전제하에 전문가만 있으면 3개월 안에 최소한 반 이상은 지을 수 있단 계산이 나왔다.

노엘이 진짜 대단한 게, 이미 장소와 전문가를 섭외해 설계도면을 확보해 놨고, 필요 자재와 인부들에게 줄 삯에 대한 것도 전부 계산을 끝내놨았다. 일단 최소로 잡은 게 무려 백만 골드였다.

화공에 견뎌야 하니 특별한 불에 타지 않는 알스테르담 북부 휠리언트 산맥의 철분을 머금은 목재가 많이 필요해 자재 값이 정말 많이 들어갔다. 하지만 자금이 확보되어도 문제가 있었다. 전쟁이 터지면 휠리언트 산맥의 목재는 전략 물자가 된다. 분명 그곳을 통해 자재를 확보하는 건 무리가 있었다.

하지만 마도 제국의 수출품 중 하나라 이미 대륙 각지에 퍼져 있는 자재가 분명 남아 있을 테니 각 상단에 공문을 날려 최우선으로 구입해 주기를 원했다.

그거야 '왕명'이면 되니 오렌 공작은 흔쾌히 고개를 끄덕였다.

인부 고용이나 공사 전문가는 노엘이 직접 섭외하겠다는 부분도 그는 고개를 끄덕였다. 하지만 정말 오렌 공작을 힘들게 만든 건 그녀가 요구한 병사였다.

리안 수비에만 최소 만 명의 병력, 그리고 각 요새별 오백에서 칠백 정도의 병력을 주둔시키길 원했다.

현재 리안의 병력이 이천이니, 무려 만 삼천의 병력을 더 충원해 줘야 한다는 소리였다. 노엘은 이것도 최소라고 했다.

전쟁이 벌어졌을 시 수성전으로 끌고 간 다음 버티려면 이것보다 훨씬 더 많은 병력이 필요할 거라고 그녀는 말했다. 그리고 그 부분은 오렌 공작도 동의했다. 제국의 전력은 못해도 수십만이다.

그녀가, 오렌 공작이 태어나기 전 마지막으로 붙었던 알스테르담, 발바롯사 두 제국이 동원한 병력은 물경 150만이었다. 그리고 그때 악시온 제국이 내륙을 점령할 목적으로 투입한 병력이 무려 50만이었다.

그것도 최초 병력이었다.

악시온 제국은 총 3회에 걸쳐 25만의 병력을 더 투입했었다. 연합군이 결사 항쟁으로 버티지 못했다면? 알스테르담과 발바롯사 제국이 악시온이 내륙에 발을 들이는 것을 허락하지 않을 작정으로 병력을 파병하지 않았었다면? 내륙 곳곳에 악시온 제국의 깃발이 걸렸을 것이다. 그만큼 세 제국의 병력은 엄청났다.

해안가와 인접한 왕국에서 제대로 막지 못해 병력을 온전히 보전한 채 올라오면? 리안은 최소 10만의 병력을 맞상대해야 하는 그림이 나왔다. 그러니 노엘이 말한 만 이천의 병력 지원도 프란 왕국의 병력 실태를 알고 있기 때문에 최소로 잡아 나온 수치였다. 이 부분은 따로 여왕과 상의 후 답을 준다고 했지만 노엘은 단호했다.

그 정도도 못 해주겠다면, 저격수를 포함해 발키리 요병단, 레이첼 용병단, 그리고 라블레스 가문은 안전을 확보해 줄 국가로 망명을 해버리겠단 엄포를 놓았다. 그래서 결국 오렌 공작은 확답을 주어야 했다.

그 외 부분 또한 노엘은 양보가 없었다.

돈?

죽으면 쓰지도 못 할 것에 그녀는 욕심을 두지 않았다. 그 외에 생존에 필요한 지원에서는 단 0.1%도 포기하지 않았다.

결국 오렌 공작은 고개를 절레절레 젓고는 그녀가 말한 모든 부분에 대한 조치를 약속하고는 라블레스 저택을 떠났다. 그리고 넉 달이 순식간에 지났다. 거기서 한 달의 더 시간이 지나자, 대륙 전체에 전운이 감돌기 시작했다.

이제 백성들이 피부로 느끼기 시작한 것이다.

이유는 몇 개의 팩트 때문이었다.

제국 발바롯사 60만 병력 출병. 남하.

제국 알스테르담 50만 병력 출병. 북상.

제국 악시온 1,000척의 함대 출발. 제국 남부로 이동.

이 팩트가 백성들에게 전쟁의 공포를 확 심어줬다.

이에 따른 변화는 곧바로 일어났다.

해안가에 인접한 작은 규모의 마을과 성은 이미 피난길에 올랐다. 왕가는 그걸 막지 않았다. 아니, 머리가 있다면 막아서는 안 되는 상황이었다. 터전에 남으라는 건 곧 죽으라는 것과 다름없으니 말이다.

특히 악시온 제국은 해적 집단에 가까웠다.

닥치는 대로 수탈하고, 닥치는 대로 잡아가며, 그러지 못하는 것들은 전부 죽인다. 즉, 돈이 될 만한 것들과 식량, 무기, 물자와 여자, 아이는 전부 섬으로 보내 버리고, 성인 사내를 포함한 노인들은 전부 죽인다는 소리였다.

그러니 남아 있으라는 것 자체가 치욕을 맛보라는 거고, 죽으란 것이나 다를 게 없었다. 그렇게 해안가 및 인근 성의 소개가 시작됐고, 한 달이 더 지났을 때 알스테르담과 발바롯사의 개전을 시작으로, 악시온 제국의 병력이 해안가에 상륙하기 시작했다.

*　　　　*　　　　*

전쟁, 그건 정말 끝없는 고통이다.

"제국군은?"

"벌써 다섯 왕국을 전소시키고 올라오고 있어요."

석영은 이제 거의 완공되어 가는 요새를 보며 '후우……' 한숨을 내쉬었다. 아직 프란 왕국까지 전화(戰火)가 다가오진 않았다.

하지만 악시온 제국은 개전 이후 이 주 만에 왕국 다섯 군데를 날려 버렸다. 왕성까지 아예 초토화시키고는 그곳에 제국의 깃발을 꽂았다. 척후의 보고로는 그 과정에서 제국군의 손실은 대략 삼만 정도였다.

각 왕국당 십만 이상의 병력이 있었는데도 제국군은 압도적인 무력으로 왕국을 아예 찢어발겨 버렸다.

그리고 그 무력의 중심에는 다섯 명의 초인(超人)이 있었다.

악시온 제국이 자랑하는 오 인의 초인은 말 그대로 진정 초인이었다. 특히 첫 번째 전투에서 초인 한 명이 무려 천 명이 병력을 궤멸시켜 버리면서 사기를 있는 대로 꺾어버렸다. 아니, 이건 그냥 꺾는 정도가 아니라 찢어 불태워 버렸다. 그런 능력을 보유한 초인 다섯의 지휘 아래 초인을 보유하지 못한 국가 다섯은 그대로 찢겨 나갔다.

"얼마나 걸릴 것 같아?"

쿵! 쿠웅!

쿠웅! 쿠웅! 쿵……!

자재를 올려 단단히 고정시키며 나는 소리를 뚫고 노엘의 대답이 들려왔다.

"왕국들이 얼마나 버텨주는가에 따라 달라요. 연합군을 결성해야 하는데… 지금 남부는 그럴 여력 자체가 없는 상태고요. 중북부만 그나마 서로 협력하기로 말이 끝난 상태예요."

"흠……."

하지만 석영은 그 연합군에 끼지 않는다.

석영은 분명히 못을 막았다.

이곳 수성에 모든 것을 걸 거고, 제국군이 이곳을 포기하지 않는 이상 다른 곳의 도움은 절대로 줄 수 없다고. 다른 왕국의 입장에서는 아주 기가 찰 지경이지만 이는 석영과 노엘이 생각한 최선의 선택이었다.

덕분에 지금 프란 왕국으로는 엄청난 피난민들이 몰려들었다.

초인좌에 오른 새로운 신성.

저격수.

이 세 글자가 주는 보호막 아래로 들어오기 위함이었다.

현재까지 몰려든 피난민만 무려 육만에 육박했다. 근데 아직도 더 몰려오고 있었다.

그런 이들을 전부 성안으로 들일 수는 없었다.

불순한 의도를 숨긴 이들이 반드시 있을 것이기 때문이었다.

그래서 이들을 전부 리안 북쪽 평야로 이동시켰다.

전쟁이 벌어지면 그래도 성안만큼은 아니어도 최소한 도망갈 길 정도는 열어주기 위해서였다.

"차샤는?"

"내일쯤 내려온답니다."

"……."

석영은 말없이 고개를 끄덕였다.

차샤는 마지막 점검을 한다는 이유로 발키리 용병단과 레이첼 용병단, 그리고 아영이까지 데리고 산으로 들어갔다. 수성전에서 느끼게 될 극한의 상황을 염두에 둔 훈련이었다. 노엘은 석영과 해야 할 일이 많아서 남았고, 송과 매도 휘린의 경호 때문에 남았다. 보충까지 해서 총 700여 명이 산으로 들어간 지 이미 한 달이나 지났다. 석영은 그들이 어떤 모습으로 내려올지 좀 기대가 되기도 했다.

"이 전쟁, 어떻게 될 것 같아?"

"제 개인적인 생각을 묻는 겁니까?"

"응."

"최소 두 달은 버틸 수 있을 겁니다. 저격수의 존재가 있으니."

"그럼 그 이후는?"

"솔직히 말해 모르겠습니다. 적의 초인이 저격수를 공략하게 되면… 아마 리안은 일주일도 버티지 못하고 함락될 거라고 봅니다. 차샤 단장이나 아리스가 초인으로 각성하지 않는 한 말입니다."

"그럼 내가 적의 초인을 잡으면?"

"간단합니다. 저격수가 적의 초인을 잡으면 반대로 치고 나가 적을 섬멸할 수 있을 겁니다. 이곳의 병력은 그래도 왕성 수비군 중에서도 정예입니다. 지휘관도 능력이 있으니 적장만 잡는다면 충분히 적을 패주시킬 수 있습니다."

노엘은 아주 단호하게 얘기했다.

아니, 반드시 그랬으면 좋겠다는 열망이 담겨 있는 것 같았다.

따앙! 땅!

따앙! 따앙! 땅⋯⋯!

이제는 정겹기까지 한 무쇠 두드리는 소리를 뒤로하고 석영은 담배를 꺼내 물었다.

치익.

"후우⋯⋯."

저 요새가 완성되면 최초 노엘이 요구했던 24개의 요새가 전부 완성된다. 각 요새마다 주둔군 오백이 쉴 수 있게 숙소를 모두 지었으며, 언제고 유기적으로 협력할 수 있게 방위를 잘 조절해서 지었다.

만약 한 군데라도 들어오면?

사방에서 몰리는 병력에 압살당하고도 남을 것이다.

물론, 초인이라면 예외다.

초인이라면 그냥 유유자적 산책하듯 기어들어 올 수 있겠지만 이곳에도 저격수가 있다. 이곳의 소식이야 이미 제국군에도 들어갔다고 봐야 하니 초인이 되면서 미치지 않은 이상 그런 일은 일어나지 않을 것이다.

'초인이라……'

석영은 이곳에서 초인과 만난 적이 없었다.

반란 당시 혈전사가 북부까지 내려왔지만 석영이 등장하면서 반란이 곧바로 진화가 되어 혈전사는 다시 되돌아갔다. 그래서 초인이 어느 수준인지 석영은 아직 감을 잡지 못한 상태였다.

'한지원 정도 될까?'

아니, 그래서는 곤란하다.

석영은 그런 마음에 바로 고개를 휘휘 저었다.

석영이 지금까지 만나본 사람 중에 최강자는 단연 한지원이었다. 그녀는 인류 최종 병기라고 해도 과언이 아니었다. 그런 그녀와 초인이 동급이라면……? 생각만 해도 끔찍해 몸이 으스스 떨렸다.

뎅, 뎅, 뎅.

점심을 알리는 종이 울렸다.

"여러분, 식사하세요!"

남들처럼 평범하게 입은 휘린이 마법 확성기를 대고 크게 소리치자, 작업하던 인부들이 우르르 내려왔다. 내려온 인부들은 석영에게 눈인사를 하며 지나갔다. 그리고 그 순간이었다.

찌릿……

흠칫!

석영의 고개가 휙 돌아갔다.

"왜 그러세요?"

"아니… 아무것도 아냐."

노엘이 이상한 눈으로 바라봤지만 석영의 시선은 저 멀리, 증축 중인 요새 뒤편의 야산을 바라보고 있었다.

'분명한 살기……'

그것도 석영에게만 향한 살기가 분명했다.

순간적으로 폐를 찌르는 것 같은 살기를 분명하게 느꼈다.

흠칫!

그리고 그 살기는 다시 한번 날아와 석영에게 꽂혔다.

이건 명백한 도발이었다.

그리고 이런 게 가능한 부류 또한 초인밖에 없었다.

염탐? 아니면 자신을 꾀어낼 생각일까?

어디 소속 초인인지야 어차피 뻔했다. 연합군 소속 초인이 석영에게 살기를 날릴 일은 거의 없을 테니 말이다.

'그렇다면……'

이 기회에 차라리 전력을 깎아버릴까?

"노엘."

"네."

"내가 만약 지금 제국의 초인 하나를 죽여 버리면 어떻게 될까?"

"네?"

노엘은 곧바로 이해하지 못했다. 그만큼 석영의 지금 말이 뜬금없었기 때문이었다. 하지만 그걸 설명해 줄 시간이 없었다.

"말 그대로야. 내가 지금 악시온 소속 초인을 죽이면?"

"만약 그렇게 하면… 적의 기세가 꺾이는 건 물론이고, 적군의 전력도 최소 이십 퍼센트 정도는 날아가는 효과가 나올 거예요."

"흠… 그렇군."

"석영 씨, 설마……?"

"한 놈이 날 노리고 온 것 같은데? 간을 보려는 건지 아니면 한번 붙자는 건지 확실하진 않지만."

"위험합니다. 어떤 초인이 왔는지 아직 파악도 안 됐어요."

"하지만 기회잖아? 내가 놈을 죽이든, 생포하든. 한번 붙어 보는 것도 나쁘진 않을 것 같은데……?"

"석영 씨 그건……."

노엘이 말린다고 석영이 그만둘 성격도 아니었다.

기잉……!

그리고 이미 한동안 잠잠했던 눈동자의 빛이 맹렬하게 회전을 시작하고 있었다. 새까맣기도 하고, 새빨갛기도 한 빛이 마치 바퀴처럼 눈동자 주변을 회전하고 있었다. 이미 전투 모드에 들어섰기에 나온 변화였다.

파밧!

석영의 신형이 튕기듯이 쏘아졌다.

"서, 석영 씨! 이런!"

노엘은 사라지는 석영을 보곤 급히 뒤를 돌아 달려갔다. 초인 대 초인의 대결. 보통 초인끼리는 잘 붙지 않는다. 가벼운 대결이라면 모를까 전장에서 붙으면 최하가 팔다리가 잘려 나간다. 평균은? 하나는 반드시 죽는다.

그럼 왜 초인끼리 붙지 않을까?

잡으면 아군의 기세를 폭발적으로 올릴 수 있고, 적군의 기세는 땅바닥에 패대기쳐 버릴 수 있는데 말이다.

그건 초인이 전략 무기라서 그렇다.

일인군단(一人軍團).

무력으로 초인좌에 오른 이들을 설명할 때 가장 알맞은 단어다. 근데 그런 초인을 잃으면 군단 하나를 잃는 것보단 훨씬 뼈아픈 전력 손실이 발생한다. 그래서 최대한 초인끼리의 일대일 대결을 막고 있었다.

어떻게 초인이 움직이는가에 따라 전쟁의 승패가 극단적으로 뒤바뀌기 때문이었다. 그런데 지금, 저격수가 정체불명의 초인을 잡으러 떠났다.

"아, 빌어먹을 말! 왜 안 가져놓았던 거야!"

노엘은 진짜 보기 드물게 짜증까지 내면서 정말 솜털이 휘날리도록 뛰어갔다. 대형 사고. 그것도 초대형 사고가 터졌다. 여기서 석영이 만약 잘못되면? 생각조차 하기 싫은 끔찍한 상황이 발생될 것이다.

그러한 상황이 오는 걸 막아줄 사람은 리안에 몇 명 없었다. 그녀의 목적지는 리안의 뒤쪽, 야산이었다.

* * *

노엘을 미친 여자처럼 뛰게 만든 석영은 사실 스스로도 이상함을 느끼고 있었다.

'내가 이렇게 호전적이었나……?'

아니, 안전을 추구했다.

생존, 그걸 최우선으로 치니 안전한 게 최고라 생각하는 석영이었다. 하지만 지금은 자신에게 살기를 날린 초인이 어떤 놈인지 쌍판을 좀 보고 싶은 마음이 점점 커져가고 있었다. 그리고 가능하면 심장을 뚫어놓고 싶었다.

물론, 적이라면 말이다.

요새를 나선 석영은 숲으로 조용히 몸을 숨겼다.

적은 이 숲이 끝나면 시작되는 산에 있을 거라 추정됐다.

'거리가 상당한데 딱 나한테만 쏘아 보내는 게 가능하다니……'

초인.

말로만 듣던 초인은 정말 인간을 벗어난 경지에 오른 것만은 분명해 보였다. 석영은 천천히 산을 향해 걸어갔다.

아직 초인과의 거리가 상당하니 그리 조심할 것도 없었다. 숲이 끝나는 지점에 도착했을 때였다.

화르르…….

불꽃처럼 타오르는 살기와 투기가 뒤섞여 온 산을 뒤덮기 시작했다.

피식.

'그냥 얼굴이나 보자고 온 건 아니구나……?'

적의 목적이 확실히 파악됐다.

악시온 제국 소속 초인일 거라 예상되는 저놈은 석영을, 저격수를 죽이러 왔다. 만약 아까 그 살기에 석영이 반응하지 않았다면 몇 날 며칠이고, 석영이 반응할 때까지 귀찮게 굴게 뻔했다.

두근두근.

심장이 살기에 반응해 조금씩 펌핑 속도를 올려갔다. 아드레날린의 분비를 석영은 확실하게 느끼면서, 씩 웃었다.

이 기분, 나쁘지 않았다. 이상하게도 석영은 몸이 근질근질

했다. 게다가 제국의 초인이 뿜어내는 기세가 장난 아니게 살벌한데도 그리 무섭지도 않았다. 그저 기분 좋은 흥분 상태만 느낄 뿐이었다.

'초인이라……'

과연 얼마나 강할까?

인간을 벗어난 무력을 갖춰야만 얻는 호칭, 초인(超人).

순수하게 궁금하기도 했다. 과연 어느 정도일지.

숲을 올려다보던 석영은 크게 한 번 심호흡을 했다가, 기세를 피어 올렸다. 강렬한 전투 의지.

화답이었다. 도발을 받아들여 여기까지 왔으니, 너도 도망가지 말라고. 그런 의미가 담겨 있는 기세의 발출이었다. 그리고 석영은 다시 기세를 거둬들였다. 이 정도면 충분히 적도 느꼈을 것이다.

산을 전장으로 삼았다.

'아주 고맙게도 말이지.'

하지만 반대로 적도 산을 전장으로 삼은 이유가 있을 거라고 봤다. 석영의 기세가 사라진 순간, 적의 기세도 이미 씻은 듯이 사라져 있었다. 이제 전투가 시작될 때였다.

파스스스……

산이 인외의 존재 둘의 입장에 놀랐는지 몸을 격하게 떨어 댔다. 하지만 산의 사정은 봐주지도 않고, 석영은 조용히 움직였다. 그리고 어느 순간, 전진을 멈췄다. 적의 기세가 느껴지질 않았다.

위치 파악이 안 되는데 계속 움직이는 건 그야말로 미친 짓이었다.

'상대도 나랑 비슷하군.'

석영은 저격수다.

눈앞에 보이기만 하면 대가리를 날려 버릴 수 있는 미친 저격이 가능한 인간이다. 그런데 어째 상대도 석영과 비슷한 놈인 것 같았다. 그러자 한 초인명이 떠올랐다.

암살자(暗殺者).

악명이 자자한 내각의 수장과 동시에 전쟁 시 적진에 파고들어 요인 암살 임무를 수행한다는 악시온 제국의 초인이었다. 이자 외에 악시온 제국의 초인은 넷이 근접 계열이고, 나머지 한 명은 바다의 현자라 불리는 자다.

그리고 정치 계열 초인이 한 명 더 있지만 그는 전쟁에는 자신의 능력을 일절 쓰지 않는다고 들었다.

석영은 암살자가 어째서 자신을 노리러 왔는지 알 것 같았다.

이제 갓 명성을 날리기 시작하는 석영이다.

그러니 솔직히 잡기 쉬울 거라는 판단을 내린 것 같았다. 대륙 중부의 프란 왕국, 북부의 우르크가 힘을 합쳐 대항하면

지들도 귀찮으니 프란 왕국은 석영을 지워 단숨에 날려 버릴 생각인 게 확실했다.

하지만 이들은 크나큰 오판을 저질렀다.

갓 명성을 날리기 시작했다고 해서 석영이 그 명성만큼만 강한 게 아니었다.

'한 방 싸움.'

암살자와 저격수가 맞붙었다.

이건 딱 한 번의 일격에 승패가 갈릴 것이라는 걸 석영은 깨달았다. 승자는 살 것이고, 패자는……? 죽음으로 인도받을 것이다.

스읍.

입술이 바짝 말라감을 석영은 느꼈다.

두근두근!

심장의 박동도 점차 고조되고 있었다.

끈적끈적한 젤리가 온몸을 휘감는 것 같았다.

이제야 석영은 긴장을 제대로 느끼기 시작했다.

당겨놓은 시위 끝에 머물고 있는 무형 화살을 보며 석영은 웃었다. 석영을 무적으로 만들어준 버그 템. 석영은 초인이 과연 타천 활의 힘을 막을 수 있을까 궁금했다.

스윽.

나뭇잎 흔들리는 소리가 작지만 분명하게 들렸다.

상당히 멀리서 난 소리지만 석영은 정확히 캐치했다.

'초인 정도 되는 인간이 실수로 건드렸을 리는 없고……'

의도적으로 낸 소리란 판단이 들었다.

그래서 석영은 움직이지 않았다. 저런 거에 낚여 파닥거릴 수준은 이미 한참 전에 지난 석영이었다.

긴장감은 점점 고조되고 있었다.

암살자와 저격수.

이미 오래전부터 악명을 날린 암살자와 신성이 산에서 예고도 없이 만나 서로의 목줄을 물어뜯을 순간만을 노리고 있었다.

파스스스……!

산이 다시 한번 울었다.

소리도 없이 움직이는 암살자에게 공포를 느꼈는지 이번엔 한층 떠는 게 커졌다. 석영은 긴장과 홍분감에 흐릿하게 웃었다.

스윽.

왔다.

석영은 어느 순간, 자신의 영역 안으로 암살자가 들어온 것을 눈치챘다. 확실히 초인답게 아직 위치는 파악되지 않지만 감각은 분명하게 적이 근처에 있음을 알려왔다.

두근두근!

심장박동은 그 감각에 이때다 싶었는지 속도를 더욱더 올렸다. 그리고 그 박동을 석영은 이젠 즐기기 시작했다. 비교해 보면, 처음 차를 끌고 고속도로에서 액셀을 밟을 때의 느낌과 비슷했다.

사락.

다시 한번 수풀 건드리는 소리가 들렸다.

이번엔 위치를 명확히 잡았다. 하지만 그래도 움직이지 않았다. 적의 초인, 암살자는 지금 석영의 위치를 잡지 못했다. 석영이 아예 기척을 지운 채 꼼짝도 안 하고 있기 때문이었다.

의지의 발현.

이게 석영이 사용하는 모든 전투 기술의 근간이다.

석영은 지금 산과 완전히 동화되어 있었다.

'못 찾는단 말이지……'

자신을 찾았다면 어떤 방식으로라도 다가왔어야 맞다.

하지만 이놈은 거리만 좁혔을 뿐, 석영을 향해 제대로 다가오진 못하고 있었다. 알면서도 일부러 뱅뱅 돈다? 물론 그럴 가능성도 있었다. 하지만 석영은 후자는 아닐 거라고 봤다. 이놈은 애초에 석영을 죽일 수 있다는 자신감에 차서 온 놈이었다. 그런 놈이 석영의 위치를 파악하고도 간만 본다?

석영이 아는 한, 초인은 본신의 무력만큼 자존심도 엄청 높은 놈들이다.

스르르…….

끈적끈적한 기운이 훅 올라왔다.

'얼씨구…….'

대놓고 피워대는 기세를 보니 석영의 위치를 잡지 못한 것에 약이 오른 것 같았다. 이렇게 나와주면 오히려 석영은 좋았다. 감각을 맹신할 순 없으니 두 눈으로 적의 위치를 파악하는 순간, 승패가 갈린다고 보면 된다.

석영은 그래서 끈질기게 기다렸다.

자신의 닉네임은 저격수.

그 어떤 저격수도 먼저 모습을 드러내는 법은 없었다.

특히나 이렇게 한 방 싸움이라면 무조건 기다리는 게 답이다.

'자만의 결과를… 톡톡히 치르게 해주지.'

두근두근!

심장의 경고가 최대치로 올라왔다.

주륵…….

식은땀이 관자놀이를 타고 흘러내리기 시작했을 때, 감각이 비명을 내질렀다.

온다! 온다! 그 외침을 들은 석영은 몸을 벌떡 세우며 그대로 앞으로 굴렀다.

스아아… 푹!

귀신같이 나타난 암살자의 검이 좀 전에 있던 자리에 꽂혀 들어가고 있는 게 마치 슬로모션처럼 석영의 시야에 잡혔다.

새까만 복면, 암행복? 잠행복? 복면과 똑같은 색상과 재질의 옷을 본 석영은 그 짧은 틈에 한 가지 단어를 떠올렸다.

'닌… 자?'

그리고 그 단어를 다 뱉어내는 순간, 석영은 시위에 걸려뒀던 손가락을 스스륵 풀어버렸다.

퉁……!

언제나 들려오던 둔중한 소리와 함께, 머물러 있던 무형 화살이 문자 그대로 쏘아진 살처럼 뻗어 나갔다.

슈가가각!

새까만 그림자가 쭉 뻗는 것 같은 환상적인 장면이지만 화살에 머물러 있는 파괴력은 가히 막강했다. 그걸 느꼈는지 암살자의 신형이 곧바로 반응했다. 상체를 비틀며 몸을 옆으로 날리지만…….

'늦었어…….'

픽!

수직으로 꺾여 들어간 무형 화살이 암살자의 심장을 그대로 뚫어버렸다.

픽!

소리와 함께 가슴에 제대로 구멍이 나버렸다. 암살자는 믿을 수 없는지 눈만 뻐끔거렸다. 그러다 자신의 가슴을 내려다보더니, 다시 석영을 바라봤다.

치이이…….

화살이 뚫고 들어가며 살을 다 태워 버려 피가 증발하는 소리만이 정적을 힘겹게 깨고 있었다.

털썩.

심장을 잃은 암살자는 그대로 무릎을 풀썩 꿇더니 뒤로 스르륵 넘어가 버렸다.

"후……."

석영은 그제야 한숨을 흘렸다.

위험했다.

마지막에 제대로 반응하지 못했다면?

2초 정도만 늦었어도 저렇게 바닥에 뻗어버린 건 암살자가 아닌 석영이 되었을 것이다. 그 짧은 틈에 흐른 식은땀으로 등이 전부 축축했다.

"와……."

석영은 저도 모르게 탄성을 흘렸다.

초인. 초인.

말로만 듣던 초인은… 과연 초인이라 부를 만했다. 이놈이 먼저 움직이지 않았다면? 저격수를 얕잡아보지 않았다면? 둘이 숨 막히는 은신 대결을 펼쳤다면? 기척을 완전히 죽이고 등 뒤로 슥 들어왔다면?

"미친……."

석영은 이 순간 자체가 정말로 천운이었다는 사실을 깨달았다. 몇 가지 요소가 만든 천운이고, 승리의 여신이 석영의 손을 들어주지 않았다면 진짜 끝은 어떻게 나올지 아무도 예상할 수 없었을 것이다.

나무에 등을 기댄 석영은 정신적인 피로감에 한숨을 크게 흘려냈다. 그러곤 담배를 꺼내 입에 물었다.

덜덜. 손이 조금이지만 분명하게 떨리고 있었다.

치익…….

"후우… 이 정도란 말이지……."

솔직히 타천 활이 있기 때문에 석영도 좀 쉽게 생각했었다. 그런데 까보니 그게 아니었다. 바르르 떨리는 손을 다시 입으로 가져가는 석영.

후우…….

입에서 나온 새하얀 연기가 석영의 불안한 심리처럼 이리저리 흔들리다가, 불어온 바람에 엄마야! 하고 흩어졌다.

하나를 다 피우고, 다시 하나를 더 꺼내 입에 물었다.

쿵쿵 뛰는 심장이 진정이 안 되는 순간이었다.

두 개째를 반쯤 피웠을 때, 산 아래서 소란이 들려왔다.

삑, 삐익.

항상 차고 다니는 통신기로 신호가 들어왔고, 석영은 답을 했다. 그러자 채 5분도 지나지 않아 송이 수풀을 뚫고 나왔다.

"헉헉!"

석영의 모습을 확인한 송은 숨을 가쁘게 몰아쉬면서도 주변을 둘러보는 걸 잊지 않았다. 그러다 석영이 죽인 암살자를 보곤 흠칫 얼굴을 굳혔다.

"꽤, 후우, 괜찮으세요?"

"응, 멀쩡하다."

"하… 깜짝 놀랐잖아요!"

버럭 소리치는 송을 본 석영은 미안한 마음이 들었다.

그래, 이번엔 인정한다. 아니, 진짜 뉘우쳐야 할 짓을 저질렀다.

송의 눈가엔 눈물이 그렁그렁 맺히기 시작했다.

진심으로 걱정한 것 같았다.

한참을 입술을 꾹 참고 석영을 노려보던 송은 이내 통신기를 꺼내 신호를 보냈다. 몇 번의 신호가 울리자 가장 먼저 찾아온 건 매였다. 헉헉거리면서 도착한 매는 석영과 암살자의 시신을 번갈아 보다가 후우, 크게 한숨을 몰아쉬었다.

두 사람이 숨이 진정될 때쯤 차샤와 아영, 아리스, 노엘이 같이 도착했다.

"학, 학… 아오, 이 오빠를 그냥!"

단숨에 상황을 파악한 아영이 주먹을 들어 올렸지만 당연히 그걸로 석영을 때리진 못했다.

"다친 데는?"

"없어."

"하… 깜짝 놀랐잖아!"

"미안하다."

아영이 큰 한숨과 함께 암살자의 시신에 흥미를 돌리며 비켜서자 이를 악문 차샤가 보였다. 그러나 그 표정은 석영과 마주치자 금세 사라졌다.

"음… 맞네요."

뒤에서 들려오는 아리스의 목소리에 석영은 신형을 조용히 돌렸다. 아리스는 복면을 벗겨낸 암살자의 얼굴을 이리저리 돌려보고 있었다.

"전에 스승님이랑 한 번 본 적이 있거든요. 맞아요. 악시온 제국의 내각 각주이자 초인 암살자."

"……."

아리스의 확인에 노엘이 놀란 눈으로 석영을 바라봤다. 석영은 가기 전 그랬다. 초인을 잡으면 전황이 어떻게 될 것 같으냐고. 즉, 석영은 상대가 초인임을 감지했다는 뜻이었다. 노엘은 미친 듯이 동료들에게 달려가면서도 마음 한편으로는 정말 초인일까? 하는 의구심이 있었다.

물론 저격수를 잡기 위해 악시온 제국의 초인이 조용히 찾아왔어도 이상할 건 없었다. 하지만 너무 갑작스러웠고, 상식적이지 못하니 노엘이 가진 의구심은 당연했다. 그러나 초인이었다. 초인이 맞았다.

악시온 제국 출신인 아리스가, 심지어 은퇴한 초인, 발도제의 제자인 아리스가 직접 확인해 줬으니 이자는 초인이 확실할 것이다.

"……."

노엘은 죽어 말이 없는 자에게 시선을 떼고 석영을 바라봤다.

좀 놀란 것 같지만 엄청 담담한 표정이었다.

초인을 잡았다는 것에 대한 뿌듯함이나 기쁨 이런 건 일절 보이지 않았다. 노엘 본인의 느낌으로는 저격수는 그저 지금 단순히…….

조금 놀랐을 뿐.

딱 이 정도였다.

부르르…….

그러한 사실에 노엘은 소름이 돋았다.

"쯔, 이 양반 버릇 못 고쳤네."

그때 뒤에서 들려온 아리스의 말에 모두의 시선이 넘어갔다.

아리스는 현장을 돌아보고 있었다.

근데 사실 현장이랄 게 별로 없었지만 짧은 전투의 흔적은 충분히 남아 있었다.

"버릇을 못 고쳤다니?"

차샤의 질문에 잠시 주변을 살피던 아리스가 석영이 처음 등지고 있던 나무로 갔다.

"암살자답지 않게 성미가 꽤나 급한 양반이거든. 게다가 자존심도 세고. 저격수가 여기서 등을 기대고 숨죽이고 있었을 테고, 암살자 이 양반은 저격수의 기척을 잡지 못한 걸로 보여, 단장 언니."

"아하? 그래서 육안으로 찾았다?"

"육안까진 아니었을 테고, 어느 정도 거리가 좁혀지자 이곳을 찾아내긴 했겠지. 그리고 기습을 했는데… 여기 칼이 박힌 자국이 있는 걸 보니 저격수 씨가 아슬아슬하게 피했네? 그리고 피한 다음, 빵."

"암살자도 피하긴 한 것 같긴 한데… 몰랐구만. 저 인간의 저격이 어떤 저격인지."

"그렇지. 흔적 보니까 이쪽으로 피했는데 휘어 들어간 화살이 심장에 콕! 하고 처박힌 거죠, 단장 언니."

단장 언니가 묘하게 거슬린단 느낌이 들었을 때, 모두의 시선이 석영에게 향했다. 지금 두 사람이 추론한 게 맞느냐는 의미가 담긴 눈빛들이었다. 석영은 그냥 말없이 고개를 끄덕였다. 아주 확실하게 짚어냈다.

이전에도 전투가 끝나면 석영을 묘한 눈으로 보긴 했었다. 하지만 지금 눈빛에 담긴 감정은 그때와 확실히 달랐다.

지금은 일종의 경외심이 담긴 눈빛들이었다.

"부담스러운데?"

"우린 더 부담스럽거든?"

차샤의 즉답에 석영은 피식 웃었다.

이제는 심장의 떨림이 좀 가라앉은 느낌이었다.

"시신 수습하고 내려가자."

"우린 다리가 후들거려. 그러니까 좀 더 있다 갈게."

"그래, 그럼."

석영은 산 아래로 걸음을 옮겼다. 그러자 당연하게 아영이 석영의 옆으로 붙었다.

발키리 용병단 사람들이 안 보일 무렵, 아영이 조심스럽게 물었다.

"정말 괜찮은 것 맞지?"

"그래. 보면 몰라?"

"보면 알아야 하는데, 혹시 안 보일까 그렇지."

조용히 돌아본 아영의 눈빛엔 걱정스러운 기색이 한가득 담겨 있었다.

초인. 초인. 초인.

이곳에서 질리게 들었을 단어. 오늘까지만 해도 석영은 그 초인들을 그리 대수롭지 않게 생각했었다. 그리고 그건 아영도 마찬가지였다. 스스로에 무력에 맹신을 하는 건 아니나, 자부심은 둘 다 단단히 가지고 있었기 때문이었다. 그런데도 아영은 석영을 이리 걱정하고 있었다.

"무슨 일 있었어?"

"전쟁이 어떻게 흘러갈지 걱정되어서 차샤나 아리스 씨한테 계속 물어봤었거든. 초인들 그거 아주 괴물들이라며? 아리스의 말론 자신이 열이 있어도 초인 하나를 잡기 힘들다는데?"

"흠⋯⋯."

초인을 겪어본 석영은 그 말에 격하게 공감할 수밖에 없었다. 제아무리 아리스라 할지라도, 제아무리 차샤라 할지라도, 그런 둘이 아무리 많다 할지라도, 석영의 시야에 노출된 이상 죽음을 피할 수는 없었다.

그들이 타락 천사의 활에 버금간다는 최강의 갑옷. 라니아가 유성우의 날을 맞으며 서버 종료가 되기 2년 전에나 등장했지만, 그 누구도 연금에 성공하지 못했던 최강의 방어구 '대천사 미카엘의 갑옷'을 착용하지 않는 이상 말이다.

'무슨 미친 아이템인지, 제작 과정에서도 증발했었지.'

그래서 전 서버 통틀어, 단 한 번도 대천사 미카엘의 갑옷은 등장하지 않았었다. 그래서 라니아에 존재하는 '꿈의 아이템'으로 자리 잡았고, 결국에는 나오지 않아 문자 그대로 전설이 되었다.

어쨌든 그런 대천사의 갑옷이 나오지 않는 석영의 타천 활을 막을 수 있는 아이템은 이 세상엔 드물 것이다.

게다가 지금의 석영은 진화를 이루고 있는 신인류라고 해도 과언이 아니었다.

"아주 귀에 못이 박히도록 들었어. 오빠가 만약 초인을 만나면 솔직히 말해 어떻게 될지 모르겠다고. 차샤나 다른 이들은 몰라도 아리스는 스승이 초인이란 사람이었다고 했잖아. 그녀가 객관적으로 봤을 때도 어떤 전장에서, 어떤 방식으로 전투가 흘러갈지 알아야 승패를 가늠할 수 있겠다고 했거든."

"흠……."

확실히…….

이 전에 만약 이 말을 들었다면 석영은 솔직히 크게 신경을 쓰지 않을 것이다. 하지만 지금은 아니었다.

'이런 게 교훈이지……. 아주 뼈저린 교훈.'

자칫 잘못했으면 몸뚱이에 굵직한 칼빵을 새길 뻔했던지라,

석영은 앞으로 초인에 대한 대처만큼은 정말 신중하게 해야겠
단 결론을 내렸다.

반성하면 내려오길 한참, 어느새 평지에 도착했다.

"그래서, 뭐, 어쨌든 나한테 할 말은?"

"할 말?"

"응, 할 말."

"음… 미안?"

"올……."

피식.

용케도 정답을 맞춘 것 같았다.

"다음에 혹시 초인을 만나면… 그땐 내 뒤에 서."

"……."

석영의 아영의 얼굴을 바라봤다. 걸으며 석영을 올려다보는
그녀. 그녀의 눈빛은 단단했다. 굳건한 각오도 깃들어 있었다.

"오빠가 저격수라면, 나는 수호자야."

"……."

"근데 난 딴 사람은 필요 없어. 난 오빠만 지키는 철벽이 될
거니까."

"고맙다."

"흥!"

고마우면 잘하라고!

퍽!

석영의 등을 툭 친 아영이의 밝은 행동에서 사실 석영은 절절히 느낄 수 있었다. 저렇게 하는 모든 게 지금 그녀가 상당한 불안감 때문에 나온 행동이라는 것을 말이다. 표면적으로는 분명 단호하고, 단단했지만 석영은 느낄 수 있었다.

"걱정 마라. 너도 내가 지켜줄 테니까."

"잉?"

"앞만 막아. 그럼 내가 달려드는 모든 것을 죄다 꿰뚫어줄게. 오빠 요즘 그럴 능력된다."

"오… 능력남."

큭큭.

둘은 그 말을 끝으로 실없이 웃었다.

생사결(生死決).

대륙이 불길에 휩싸이고 있는 전화의 시기에 아직은 평화로운 대륙 중부, 프란 왕국에서 일어난 초인과 초인끼리의 소소한 초인끼리의 생사결은 이렇게 끝이 났다. 하지만 이 결과가 알려지고 난 이후의 파장은 결코 소소하지 않았다.

알스테르담이 자랑하는 최종 병기, 마력탄이 터진 것처럼 거대했다.

발칵 뒤집힌다는 말이 있다.

어떠한 일이 벌어져서 사람들이 정말 깜짝 놀라는 상황이

오면 자주 쓰는 말이다. 지금 휘드리아젤 대륙이 그랬다.

전화의 불길이 대륙 남부와 동북부에서부터 번지기 시작하면서 흉흉하기만 한 소문과 소식들만 돌았다. 어느 왕국은 며칠 만에 무너졌네, 어디에서 붙었는데 왕창 깨졌네, 다 죽고 몇 백만 살아 돌아왔네, 이런 소문들만 흘렀다.

그러던 차였다.

뜬금없이 대륙 중부의 최대 상업 도시 중 하나인 리안의 성문에 목 하나가 효수됐다. 사람들은 그 목의 정체에 대해 궁금했다. 전혀 알려지지 않은 얼굴이기 때문이다. 하지만 잠시 뒤에 그 아래에 방이 하나 붙었다.

저격수의 화살이 암살자를 꿰뚫다.

석영이 봤다면 뜨악했을 내용의 문구가 적혀 있었고, 사람들은 그제야 목의 주인이 누구인지 깨달았다. 악시온 제국의 귀족들은 물론 내륙의 실력자들도 벌벌 떤다는 내각의 각주이자, 암살에 특화된 초인이었다.

그래서 초인명도 심플하게 암살자, 딱 이랬다.

악명이 정말 자자했다.

특히 제국 내에서는 말도 못 할 정도였다. 그에게 한번 찍히면 일가 진척의 목이 달아나는 걸로 끝나지 않았다.

한번 찍히면 최소가 삼족이다.

구족은 보통이고, 심하면 그 아예 마을 하나를 쓸어버렸다. 그리고 그 장소에는 항상 복면을 뒤집어쓴 내각의 각주, 암살자가 있었다고 했다. 어쨌든 그런 암살자의 악행은 진짜 한두 개가 아니었다.

제국의 황제에게 받은 즉참의 권력으로 그는 제국에 '해'가 된다는 '판단'이 서면 모조리, 정말 가차 없이 죽여댔다.

그런 암살자가 뜬금없게도 내륙까지 올라와 죽었다.

증거?

그가 악시온 제국의 황제에게 하사받았다는 검이 목 아래 꽂혀 있었다. 그 검은 특수한 재질로 만들어서 빛을 받아도 빛나지 않고 칙칙한 기운을 뿜어낸다는 얘기가 있었는데, 머리 아래 박혀 있는 검이 딱 그랬다.

게다가 검신 중앙에 악시온 제국 특유의 문자로 'あんさつ'이란 단어가 정교하게 양각되어 있었다.

이게 바로 빼도 박도 못 할 증거였다.

그리고 이 소문은 즉각 상업 도시 리안을 중심으로 전 대륙으로 퍼져 나갔다.

신성, 저격수가 암살자를 죽였다.

암살자도 저격수의 화살을 막지 못했다.

생사결은 일격으로 승부가 결정지어졌다.

등등 뼈에 살이 붙으면서 저격수가 암살자를 가지고 놀았다더라, 살려달라고 빌었는데 그냥 죽였다더라, 이런 말들이 같이 나돌았다.

악시온 제국은 이런 소문에 일절 대처하지 않았다. 다만 진상 조사는 하는지 내각의 요원들이 내륙으로 깊숙이 파고들었다는 출처 불명의 소문만 흘렀다. 전쟁은 잠시 멈추는가 싶었다. 하지만 얼마 안 가 제국군은 다시금 북진을 시작했다.

프란 왕국보다 아래에 있는 중소 왕국들은 불붙은 제국군의 진격을 막지 못했다. 초인을 앞세워 거침없이 박살 내고 오는 탓이었다.

초인은 진짜 무시무시했다.

앞을 가로막는 모든 걸 문자 그대로 지우고, 태우면서 전진했다.

수천의 병력?

초인 앞에는 무력했다.

초인의 앞을 막아서고 1분을 버티는 기사나 전사는 거의 드물었다. 애초에 급이 다른 무력을 보유했기 때문에 인외의 존재라는 뜻에서 초인으로 따로 분류되는 족속들이었다. 그런 인간들이 정면에 서 있으니, 전략 전술이란 것은 무용지물이 되어버렸다. 그리고 결국 악시온 제국의 17만 대군이 프란 왕국의 바로 아래, 유론 왕국의 땅으로 들어섰다.

전쟁은 심화 단계로 들어서고 있었다.

*　　　　　*　　　　　*

"흠……."

회의실 내부에 무거운 침묵이 감돌았다.

돌로 짓누른 것 같은 묵직한 침묵이었다.

회의실의 면면은 화려했다.

왕실에서 파견한 군을 총괄 지휘 할 사령관인 오렌 공작과 왕국의 위험 요소였던 우르크 왕국과의 전략 동맹을 맺으며 북부가 안정을 찾자 남부로 최정예 병단을 이끌고 내려와 새롭게 합류한 마르스 후작이 있었다.

그리고 발키리 용병단의 간부들과 석영을 도우러 대륙을 관통하다시피 달려온 한지원까지.

거기에 석영과 아영이 있었다.

초인의 반열에 들기 직전이란 평가를 받는 이들이 무려 셋에 초인 하나, 그리고 초인을 넘어서는 무력을 보유했을 거라 판단이 되는 이 한 명이 존재하는 공간이었다. 일반인은 들어오면 기가 질리는 정도가 아니라 분위기에 졸도하고 남을 공간이었다.

"십칠만 대군이라… 감이 안 잡히네요."

석영의 옆에 있던 한지원의 말에 모두가 고개를 끄덕였다. 프란 왕국의 총병력이 10만에 겨우 육박했다. 이것도 전쟁 때문에 급히 모, 징집을 통해 병력을 늘려 정예 병력의 수는 반으로 뚝 꺾인다.

　즉, 5만의 정예병과 5만의 신입병으로 최정예 17만을 막아야 한다는 소리였다.

　말이 17만이지…….

　그 정도면 리안을 아예 꽁꽁 둘러싸고도 남을 병력이었다.

　"유론 왕국이 얼마나 걸릴 것 같습니까?"

　석영의 질문에 오렌 공작은 잠시 고심하다가 답을 내놓았다.

　"길어야 한 달이겠지. 하지만 병력을 뒤로 물리는 중이니 더 빠르게 끝날 거야."

　오렌 공작의 말처럼 유론 왕국은 이미 왕국 내 백성들에게 소거령을 내린 상태였다. 그리고 프란 왕국과 병력을 합쳐 저지선을 만들기로 이미 합의가 된 상태라, 그쪽에서 전쟁은 거의 없다고 봐야 했다.

　결국 17만의 온전한 병력과 이곳 리안에서 목숨을 건 혈투를 벌여야 했다. 전운의 구름은 이미 턱밑까지 파고들어 온 상태였다. 그래서 지금 이들은 신경 써야 할 게 너무나 많았다.

"피난민들은?"

"왕국 북부로 전부 이동하게 하고 있어."

"리안 성 백성들은?"

"열에 아홉은 남겠다는데?"

"흠……."

뭐, 나쁘지는 않다.

안 그래도 상업 도시의 역할을 하는 리안인지라 건장한 사내들이 엄청나게 많다. 그 수를 추산해 보면 거의 10만이 넘는다. 이들은 나중에 수성전이 벌어지면 지대한 도움을 줄 게 분명했다.

보급 물자 또한 요 근래 그 존재를 안 지하 창고에 가득 쌓여 있었다. 작정하고 분배하면 모든 식량이 떨어졌을 때부터라도 육 개월은 충분히 버틸 수 있었다. 그리고 지금도 최대한 물자를 끌어모아 창고에 비축하고 있었다.

게다가 이제 노엘이 제안했던 24개의 요새도 다 완성이 되어가고 있었다.

노엘은 이렇게 장담했다.

천 명이 버티는 요새 하나를 뚫으려면 저들은 최소 다섯 배인 오천의 병력이 희생될 각오를 해야 할 거라고.

그리고 솔직히 전략에는 무지하다 할 수 있는 석영이 보기에도 24개의 요새를 피해 없이 뚫을 수 있는 방법은 전무해 보였다.

"훈련 상태는?"

오렌 공작이 리안으로 온 지 이제 겨우 이 일째였다. 그는 오자마자 주변 사찰부터 했고, 이제야 제대로 된 회의를 진행하고 있었다.

"처음부터 양성한 병력은 나쁘지 않습니다. 얼마 안 된 병사들이야 안타깝게도 인원수 채우는 정도에 불과한 상태입니다."

"음……."

어쩔 수 없는 일이었다.

병사들의 훈련은 하루 이틀로 확 단계가 올라가는 게 아니었다. 최소 반년, 길게는 년 단위까지 훈련에 매진해야 강병 소리를 들을 레벨로 올라가는 게 기본이었다. 아무리 전문가가 있다고 해도 이 기본을 거스를 순 없었다.

그 이후에도 몇 가지를 더 논의한 뒤에야 회의가 끝났다.

석영은 바로 일어나지 않고 자리에 앉아 있었다.

사령부.

예전 치안대가 쓰던 건물이 사령부가 됐고, 석영과 아영, 발키리 용병단, 라블레스 가문의 사람들과 한지원과 함께 온 나창미와 팀 A가 전부 치안대 건물에 머물렀다.

"창미 씨는?"

"전장 둘러보러 갔어. 수성전이지만 때에 따라서는 기습전도 펼쳐야 할 테니까."

"음……. 근데 중화기 지원 없이 되겠어?"

골 때리게도 중화기가 들어올 수 있다.

게다가 친분이 있는 사람들끼리라 그런 건지 자격증을 산 뒤에 접속을 하자 죄다 같은 대륙, 같은 나라, 같은 공간으로 뚝 떨어졌다. 시스템은 이상한 곳에 또 편의를 봐줬다. 그래서 어쨌든 한지원의 팀이 전부 넘어왔다. 그리고 개인 중화기를 바리바리 챙겨왔다.

"우리가 가진 건 최대한 아껴 써야지."

현실에서도 써야 할 중화기니 전부 가져올 순 없었고, 두어 번 정도 보충은 된다고 했으니 중요할 때 제대로 빵빵 쓰면 아마 악시온 제국의 멘탈을 탈탈 털어버릴 수 있을 거라 생각됐다.

"전문가인 지원 씨가 보기엔 어떨 것 같아?"

"뭐가? 전쟁의 승패?"

"그것도 궁금하고."

"흠… 초인을 직접 봐서 가늠해 봐야 알겠는데… 하나 잡았다고 했지? 어땠어?"

"이 초 차이."

"이 초?"

한지원은 대번에 알아들었다.

그리고 그게 주는 의미를 확실하게 파악했다.

"응. 반대로 이 초 내가 늦었으면 죽었겠지. 초인 특성에 따라 다르겠지만 나랑 붙은 놈은 엄청 빠르더라고. 소리도 없이 바로 뒤로 나타나는 이동도 엄청났고."

"흠… 나랑 붙으면?"

"지원 씨 필승."

"그래?"

암살자?

그런 놈이 둘이나 있다 해도 천하의 한지원을 잡긴 힘들 거라고 석영은 생각했다. 이건 확신이었다. 석영도 한지원과 숲에서의 대결은 자신이 없었다. 석영의 치명적인 단점이 일단 상대를 '포착'해야 한다는 점이었다.

물론 요즘에는 감각에 의지한 예측 저격을 가할 때도 있지만 이건 한지원급만 되도 통하지도 않았다.

왜?

추적을 못 걸기 때문이었다.

그런 약점을 아는 한지원이 만약 숲에서 대결이 펼쳐지면 석영의 앞에 나타나 줄까?

'설마……'

전투에 있어서 그녀가 얼마나 끈질긴지 잘 아는 석영이다.

아마 몸을 숨긴 채 석영이 지칠 때까지 움직이지 않을 게 분명했다. 한 방 싸움이지만, 석영보다 한지원에게 유리한 한 방 싸움이 펼쳐질 것이다. 그래서 석영은 그녀와 적이 되는 게 꺼려졌다.

"내가 필승을 장담할 수 있는 초인이 넷이라면… 잘하면 쉽게도 끝나겠는데?"

피식.

한지원의 말에 석영은 웃었다.

웃은 이유는 하나였다. 그녀의 말에 지극히 공감하기 때문이었다. 사실 석영도 그렇게 생각하고 있었다.

초인은 대단하다.

이미 한 번 겪어봐서 그건 석영이 가장 잘 알고 있었다.

17만 대군?

석영은 그 숫자의 무서움보단 초인이 훨씬 신경 쓰였다.

그래서 그 초인만 잡을 수 있다면, 전쟁은 사실 오래가지 않을 거라고 생각했다. 구심점이 사라진 병력은 크게 무서울 게 없다는 게 석영의 생각이기도 했고, 한지원의 생각이기도 했으며, 이곳에 모인 모든 간부의 생각이기도 했다.

'하지만 반대의 경우가 나오면… 최악이 되겠지.'

그 생각에 석영은 한지원에게 방심하지 말고 조심하란 말을 꺼내려고 시선을 돌렸다. 하지만 시선만 돌렸지, 말은 꺼내지 못했다. 밖이 소란스러워졌기 때문이다. 그리고 그 소란은 점차 가까워졌다.

웅성거리는 소리가 갑자기 멎더니, 살기등등한 목소리가 들려왔다.

"이 쪽바리 새끼들이, 진짜! 반항하는 새끼들 싹 매달아!"

네!

문밖에서 나창미의 화난 목소리에 석영은 한지원을 바라봤다. 근데 그녀도 고개를 갸웃거리고 있었다.

"쪽바리?"

벌컥!

한지원의 의문 섞인 혼잣말이 끝나기도 전에 문이 벌컥 열리면서 나창미와 대원들이 새까만 옷을 입고 있는 놈들을 줄줄이 끌고 들어오기 시작했다.

한 놈, 두시기, 석 삼… 총 여덟 명이었다.

"칙쇼!"

바닥에 나동그라진 놈들 중 하나가 내뱉은 외침에 석영은 그냥 피식 웃고 말았다. 확실했다. 억양이나 발음이나, 아주 본토 발음 그대로다. 이건 정말 의심의 여지가 없는 일본인이었다.

"하여간 진짜… 이놈들은 기상천외하다. 기상천외해. 언니, 어디서 잡아 왔어?"

"요새 근처서 기웃거리고 있더라고."

피식.

한지원의 조소에 뿌드득! 이 갈리는 소리가 흘러나왔다. 부러진 게 아닐까 석영이 생각할 때쯤, 한지원이 움직였다.

빡!

두둑!

이를 갈았던 놈의 턱을 그대로 발등으로 걷어차자 목이 뒤로 휙 재껴지며 나동그라졌다. 석영은 직감했다.

"즉사네."

목이 완벽하게 부러졌다.

나동그라진 놈의 목과 몸이 기역 자로 꺾인 걸 보면 확실했다.

"뭐야, 고생해서 잡아왔더니 바로 죽이면 어떡해?"

"언니, 입 열 놈이 너무 많잖아?"

"아, 그러네? 후후."

나창미가 섬뜩한 웃음을 베어 물었다.

피식.

석영은 두 사람의 대화가 의도적인 대화라는 걸 이제는 알았다.

"어디서 왔어?"

"……"

"대답 안 해? 마지막이야. 한 번 침묵에 한 놈씩 목을 갈라

주지. 아니다. 손가락 하나씩 할까? 어차피 대가리도 많고 시간도 많은데. 니들도 그게 좋겠지? 언니, 준비하자."

"우후후! 라저!"

스르룽…….

서늘한 칼 뽑히는 소리에 놈들이 흠칫하는 게 육안으로도 보였다. 그런 놈들에게 다른 대원들이 달라붙어 한 놈만 빼고 입을 싹 막았다. 석영은 나서지 않기로 했다. 석영은 전투 전문이지, 신문이나 고문 전문이 아니었다. 이런 건 한지원과 나창미가 석영보다는 훨씬 전문이었다.

드르륵.

의자를 끌어다가 앉은 석영은 느긋하게 구경을 시작했다.

잔인한 것 아니냐고?

전쟁 직전에 염탐을 온 놈들에게 줄 연민 따위는 지금의 석영에게 단 0.1%로 존재하지 않았다.

벌컥!

발키리 간부들과 오렌 공작이 안으로 들어서서 자리를 잡았다. 상황을 딱 보고는 그냥 맡기려는 걸로 보였고, 그걸 인지한 한지원은 나른한 미소로 사람들에게 답을 주고는 다시 잡아온 놈들에게 시선을 돌렸다.

"자, 판이 열린 것 같으니까……. 시작해 볼까?"

드르륵.

의자를 끌어다가 앉은 한지원이 악당 포스를 철철 흘리며 첫 질문을 다시 던졌다.

"소속."

"……."

"언니, 이 새끼부터."

"라져엉!"

어쩐지 뒤에 하트가 붙어 있을 것만 같은 활기찬 목소리였다. 하지만 그 속에 깃든 스산함을 느꼈는지 놈들이 다시 흠칫거리는 게 보였다. 설마, 진짜 자를까? 아마 머릿속엔 그런 생각도 하고 있을 것이다.

그리고 그런 생각은, 아마 즉시 사라질 것이라 석영은 예감했다.

그득! 그득!

"끄아아……!"

나창미는 대놓고 손가락을 썰었다.

마치 톱질하듯이 앞뒤로 왔다 갔다 하면서 손가락을 썰기 시작했다. 그것도 룰루랄라 콧노래를 부르면서.

피가 얼굴로 튀었지만 오히려 그럴 때마다 나창미는 웃었다.

악귀? 귀신?

온갖 단어를 갖다 붙여도 아마 지금의 나창미에게는 너무나 잘 어울리는 별명이 될 것이다. 하지만 이건 필요한 일이었다. 누군가는 해야 할 일이었다. 신사적으로 대접해 봐야 어차피 불지도 않는다.

오히려 우습게 알고도 남았다.

그러다가 아마 또 눈치를 살살 보게 될 거고, 그게 아니라면 부는 척, 거짓 정보를 흘릴 것이다.

그런 가능성을 전부 없애는 건 역시 고문이 최고였다. 정신을 완벽하게 장악할 정도의 공포를 심어주면 딴생각은 절대로 못 한다.

이놈과 아까 목이 부러진 놈은 본보기였다.

네놈들 목숨 따위 모기 잡듯 죽일 수 있다는 것을 그냥 시작부터 보여준 것이다. 반항할 의지 자체를 뚝 꺾어버리기 위해서 말이다.

"伝えたい! 伝えたい!"

놈이 일본어로 막 뭐라 지껄이자 한지원이 특유의 나른한 목소리로 답했다.

"한국말로 해. 목 갈라 버리기 전에."

"말해! 말한… 아악!"

데구르르.

뚝.

잘린 손가락이 테이블을 굴러 힘없이 떨어졌다.

몇몇 사람은 인상을 찌푸렸지만 나서진 않았다.

어차피 포로 신문이다.

아름다운 과정?

말로 협상?

그런 건 평화로울 때나 나올 상황이었다.

그나저나 한국말을 잘하는데?

석영이 그런 생각을 할 때 문보라가 옆으로 스윽 다가와 어떻게 알았는지 바로 설명했다.

"일본 요원들은 반드시 한국, 중국, 러시아, 영어를 배우고 있어요. 익히지 못하면 아예 뽑히지도 못해요."

"주 첩보 국가라서?"

"네."

하긴… 일본이 우리나라에 요원을 안 심었다는 말은 일본이 전범국으로서 정말 깊이 반성하고 있다는 말과 똑같았다.

빡!

악을 써대자 나창미가 그대로 턱을 갈겨 기절시켰다. 그러곤 다른 놈을 끌고 나왔다.

"왜, 이놈 죽이고 네 차례인 줄 알았어?"

"으읍! 으으으읍!"

"다시 시작해 볼까? 소속."

"으읍! 으으 으읍!"

"어? 너도 입 닫고 있게? 언니."

라저!

나창미가 방긋방긋 웃으며 놈에게 다가갔다. 그러자 결박 당한 놈은 필사적으로 뭐라 뭐라 소리쳤다. 하지만 그게 무슨 말인지 당연히 알 리가 없었다. 왜? 입이 막혀 있었기 때문이다. 여기 있는 사람 다 그걸 알고는 기가 막힌 표정을 지었다.

"끄으으윽……!"

드륵! 서걱! 하는 소리가 비명 사이에서 춤을 췄다.

10초도 지나지 않아 또 손가락 하나가 잘려 데구루루 떨어졌다.

"다음."

세 번째 놈.

눈빛을 보니 이미 바짝 얼어붙어 있었다.

"소속."

"내우아!"

"뭐?"

"내가아!"

필사적으로 뭐라고 소리치는 놈을 보며 한지원은 피식 웃었다.

"어머, 미안. 입을 막고 있었네? 언니, 쟤는 좀 빼줘봐."

"오케이!"

나창미가 직접 움직여 입을 막고 있던 헝겊을 빼내자 놈이 곧바로 소리쳤다.

"내각! 내각 소속입니다!"

"더 정확하게."

"대일본 제국 내각, 신세계 특수 임무 활동 조 소속 미우라 데쓰!"

"데쓰는 빼. 새꺄!"

빡……!

나창미의 발길질이 미우라의 턱을 갈겼지만 놈은 곧바로 오뚝이처럼 일어났다. 아는 것이다. 그대로 기절해 봐야 자신의 손가락이 썰린다는 걸.

"내각……. 간만에 듣는 이름이네. 어쩐지 그리운 이름인 걸?"

"그렇긴 하네? 우리가 얼마나 죽였더라, 내각 애들? 보라야!"

네!

석영의 옆에 있던 문보라가 바로 한 발 나섰다. 그런 문보라에게 나창미가 씩 웃으며 물었다.

"네가 일본 담당이었지?"

"네! 삼 년 간 있었습니다!"

"그래. 주로 뭐 했어?"

"정보 취득, 요인 암살 위주로 움직였습니다!"

"정보는 됐고, 누구누구 죽였니?"

"다케이시 중의원을 포함한 내각 요원 스물 정도입니다!"

휙!

그 말에 덜덜거리던 놈들이 죄다 문보라에게 시선을 던졌다. 그런데 문보라는 얼음장 같은 눈빛으로 오히려 놈들을 압도했다.

"벽안의… 천사?"

푸핫!

한 놈의 중얼거림에 나창미가 웃음을 터뜨렸다. 그리고 석영은 볼 수 있었다. 문보라의 귀가 빨갛게 물들어가는 걸. 근데 솔직히 석영도 웃음을 터뜨릴 뻔했다. 벽안의 천사라니……. 이 무슨 최악의 네이밍 센스란 말인가.

주먹이 꾸욱 쥐어가는 문보라를 보며 석영은 만약 여기에 나창미나 한지원이 없었으면 그녀가 좀 전에 벽안의 천사란 말을 했던 놈의 목을 돌려 버리고도 남았을 것이란 걸 알았다. 석영에게는 정말 호의적이고, 순한 얼굴의 문보라지만 그래도 한지원의 팀에서는 넘버3다.

경력과 실력 모두 어마어마한 여자였다.

"너 렌즈 끼고 다녔니?"

"네, 임무 동안은……."

"풉! 재밌는 별명 얻은 건 왜 보고 안 했어? 얼굴 보니까 알고 있던 눈치던데."

"그런 창피한 별명을……."

아하하!

나창미가 결국 배꼽을 잡았다.

그래서 분위기가 일순간 느슨하게 풀렸다.

하지만 그것도 잠시였다.

이들은 전문가.

한 번 잡은 흐름을 이어갈 줄 아는 사람들이었다.

"자, 그럼 이어가 볼까? 어디서 왔지?"

"그……."

"여기까지 왔는데 또 돌아가려고? 손가락 하나 잘리고 한 바퀴 돈 다음 다시 시작할래?"

"……."

고개가 아주 좌우로 거세게 흔들렸다.

"오빠, 원래 저렇게 입이 가볍나?"

지켜보던 아영의 말에 석영은 고개를 저었다.

모름지기 특수 요원이라 하면, 모진 고문 정도는 가볍게 패스해 줘야 요원 타이틀을 달 수 있는 거 아닐까?

최소한 그에 대한 훈련도 받는 걸로 석영은 알고 있었다.

그래서 석영은 참 다행이란 생각이 들었다.

이렇게 술술 부는 특수 요원이 잡혀 와서 말이다.

안 그랬으면 정말 이곳이 피바다가 되고 나서야 놈들은 입을 열기 시작했을 거다.

"악시온 제국에서… 왔습니다."

조금 어눌하지만 알아듣기에는 조금의 무리도 없는 한국말이었다.

"악시온이라… 누가 섬나라 쪽바리 새끼들 아니랄까 봐 여기 와서도 섬에 붙었냐?"

"……."

끄윽……!

침묵했지만 몇몇은 분개했는지 이를 악물거나 읍읍거리는 소란이 잠시간 들렸다. 하긴, 자국을 욕하는데 아무런 감정도 일어나지 않는다면 뭐 하러 요원을 하겠나.

"세 번째, 여기까지 나온 이유는?"

"저, 정찰……."

읍! 으읍!

마치 미우라의 말을 막으려는 것처럼 뒤에 묶여 있던 놈 하나가 발악을 해댔다. 하지만 그걸 지켜보고 있을 나창미가 아니었다.

우드득…….

사뿐사뿐 걸어가 발로 목을 밟더니, 상큼하게 한마디를 날렸다.

"죽을래?"

"크읍……."

"어? 진짜? 죽고 싶다고?"

우득! 두득!

뼈가 강제로 뒤틀리는 소리가 방 안을 섬뜩하게 채웠다. 그리고 동시에 놈의 눈이 점차 뒤집히기 시작했다.

"언니."

"앗! 쏘리……. 나도 모르게 그만. 데헷?"

그러면서 끝까지 약 올리려는 모양인지 일본 애니메이션 특유의 제스처까지 취하는 나창미였다.

'확실히 망가졌다니까, 쯔.'

혀를 찬 석영이지만 불쾌감 때문이 아닌, 동료가 걱정되어 나온 안쓰러움 때문이었다. 그런 나창미를 뒤로하고, 한지원이 다시 물었다.

"더 정확하게. 여기서 뭘 알아가려고 했지?"

"침입로와… 군 사기, 훈련 상태 등… 입니다. 그리고……."

"그리고?"

"가능하면… 저격수를 제거하라고……."

피식.

피식.

여러 군데서 동시에 실소가 터지기 시작했다. 그리고 그 가운데는 저격수 본인인 석영도 있었다. 실소는 점차 커졌다. 나창미와 차샤는 아예 배꼽을 잡고 웃기 시작했다. 천하의 한지원마저 큭큭거리면서 웃었다.

아영이는 말할 것도 없었고, 근엄한 오렌 공작마저 키득거렸을 정도였다.

"큭큭! 오빠, 그렇다는데? 오빠 제거하러 왔다는데? 푸하하!"

아영이도 결국 대소를 터뜨리고 말았다.

놈들의 어벙한 시선이 전부 석영에게 몰렸다.

"저… 격수?"

멍한 중얼거림을 무시한 석영은 쓴웃음을 지었다.

솔직히 예상은 했었다.

따로 보복이 있을 것쯤은 말이다.

그런데 설마 악시온 제국의 인간도 아닌, 지구의 일본 요원들이 올 줄은 석영도 예상하지 못했다.

"이거… 재밌어지는데?"

한지원의 조용한 읊조림에 나창미가 웃음을 멈추고 미우라의 멱살을 잡아 확 일으켜 세웠다. 겁에 질린 눈빛을 마주하곤, 낮게 으르렁거렸다.

"니들은 또… 세계대전을 일으킬 셈이냐?"

나창미의 으르렁거림에 석영은 정신이 번쩍 들었다.

시스템이 그랬다.

대륙 종말 퀘스트라고.

그리고 실제로 이곳 대륙은 세계대전에 준하는 전쟁이 이제 막 시작됐다. 지구로 따지면 미국, 중국, 러시아와 비슷한 세 개의 제국이 대대적인 전쟁을 시작했고, 대륙은 전화의 불길에 휩싸였다.

여기까지는 팩트다.

그런데 지금 여기, 일본의 요원들이 있다.

그것도 악시온 제국에 소속된 요원들이 말이다.

석영은 이게 지금 단순한 일이 아님을 깨달았다.

'설마… 기획된 일인가?'

이게 기획이라면 정말 그냥 넘어갈 일은 절대로 아니었다.

전쟁 기획이란 게 어려울 것 같지만, 또 그렇지만도 않다. 확실하게 체계가 잡혀 있는 국가라면 어지간한 일에 이미 맞춤 프로그램이 준비되어 있지만 아프리카처럼 그런 프로그램이 없으면 강대국이 이리 흔들고, 저리 흔들어도 대항 못 하면서 서로 총질을 해댄다. 그리고 그중에서도 최악 중에 최악의 경우는 바로 민간인 학살이다.

"대답해라… 엉? 니네 또 전쟁 기획 하냐고!"

나창미가 으르렁거리기 무섭게 한지원이 자리에서 일어났

다. 잘못하면 그녀가 미우라의 목을 분지를지도 모른다는 걸 알아서였다.

"천천히, 천천히 가자. 어차피 머리는 많잖아? 시간도 많고. 급할 것 없어요, 급할 게……."

한지원의 나직한 말에 나창미는 히죽 웃고는 놈의 멱살을 풀었다.

"잠시 껴도 되겠나?"

그리고 바로 오렌 공작이 한지원에게 다가갔다.

두 사람은 그래도 상의를 하면서 제법 안면을 터 이제는 편하게 대화를 나누는 사이였다.

"네."

"이자들은 혹시 자네가 사는 세상 사람들인가?"

"네, 아무래도 그런 것 같네요."

아주 정확한 일본어.

첫 번째 소환으로 거의 박살 난 일본이다.

국가라는 타이틀을 듣지도 못할 정도로 철저하게 작살났다. 이들이 저지른 가장 큰 실수는 바로 고블린을 잡겠다고 도심에 미사일을 퍼부었던 일이다. 이 멍청한 행동으로 인해 국민의 신뢰도가 그대로 수직 낙하 해버렸고, 일본 정부는 최선을 다해 미사일 사건을 수습했지만 결국은 거의 무정부 상태로 진입해 버렸다.

일본의 몰락이었다.

그래서 세계 각국은 고개를 절레절레 흔들며 그런 일본을 비난하고 무시했다. 그 이후는 조용하더니, 어느새 여기서 이런 짓거리를 벌이고 있었다.

"음… 위험한 자들이요?"

"위험한 것까진 모르겠는데, 음험한 놈들이죠. 말 바꾸고 좋아하고, 남 폄하하기 좋아하고, 근성도 쓰레기고. 그냥 개새끼들이에요."

한지원의 적나라한 평가에 일본 요원들의 얼굴이 일그러졌지만 어디 그녀가 그런 걸 신경 쓸 사람인가?

"이놈들 신문 끝나면 아무래도 다시 회의를 시작해야겠어요."

"그럴 이유가 있소?"

"그럼요. 이놈들은 우리 세계의 인간들, 어떤 비상식적인 무기를 만들어냈을지 몰라요."

"예를 들 만한 게 있겠소?"

"있죠. 게다가 많아요. 생화학 무기부터 시작해서 라이플을 들여왔으면 그것도 문제가 되고."

"라이플이란 게 귀하의 부대가 사용하는 무기를 말하는 게 맞소?"

"네. 위력은 그때 보셔서 알겠지만, 눈 한 번 깜빡이기도 전에 대가리가 날아가요."

"음……."

오렌 공작은 눈살을 찌푸렸다.

한지원이 이곳에 도착하고 며칠 뒤, 간부진들에게만 그녀의 팀이 사용하는 무기 시범을 보여줬다. 전략을 짜기 위해서는 가진 패를 오픈하는 게 맞다는 의견에서 나온 시범이었다. 오렌 공작은 그날 정말 깜짝 놀랐다.

암스테르담의 마력 라이플과 비슷하지만, 정교함이 달랐다.

몇백 미터 거리에서 주먹만 한 표적을 꿰뚫어 버리는 아주 정교한 타격은 말 그대로 신기에 가까웠다.

그런데 적에게도 그런 무기가 있다면?

악시온 제국군과 붙어도 해볼 만하다고 적당히 자신하고 있던 마음을 죄다 뜯어내야 했고, 전략 수정 또한 즉시 이루어져야 했다.

전쟁 중 전략 수정은 가능한 빨리해야 했다.

늦은 대처는 장담하건대, 무조건 아군의 몰살로 이어질 것이다.

오렌 공작은 일단 뒤로 물러났다.

신문은 끝나지 않았으니 아직 남아 있는 의문은 이따 재회의 때 푸는 게 맞았다. 그가 물러나자 한지원은 다시 미우라에게 시선을 돌렸다.

"자… 우리 미우라 상. 나는 알고 싶은 게 아주 많답니다."

"으으……."

씩 웃는 한지원의 미소에 미우라는 완전히 기가 질려 버렸다. 이렇게 비도덕, 비상식, 비인류적인 고문을 가하는데 여기 있는 모두가 말리지 못하는 여자, 그리고 벽안의 천사를 수하로 둔 여자.

미우라가 질릴 이유는 정말 차고 넘쳤다.

"너무 겁먹지 않아도 돼. 나는 말 잘 듣는 아이에게는 상을 주는 착한 사람이거든."

그 말을 듣고 석영은 하마터면 피식 웃음이 터질 뻔했다. 하지만 그랬다간 분위기를 깰 게 분명해서 겨우겨우 참아냈다.

"악시온 제국으로 잠입한 요원의 수는?"

으읍!

으으읍!

뒤에서 시끄럽게 발악하는 소리가 들리자 이번엔 한지원의 팀원들이 알아서 조용히 시켰다. 방법은 간단했다.

빡!

빠각!

눈이 뒤집힐 정도로 턱을 갈겨 버리면 되기 때문이었다.

"으으……. 사, 사백… 조금 넘습니다."

"어휴, 많이도 왔네. 그럼 목적은?"

"그, 그게……."

"여기까지 와서 입을 닫는 건 현명한 선택이 아니야. 미우라, 나는 이제 네가 조금씩 마음에 들기 시작했는데, 부디 내가 다른 녀석을 신문대에 올리지 않게 해줘."

말은 사근사근했지만 실제로는 피비린내가 진득하게 풍겼다. 신문대에서 내려간다는 것은 죽음을 의미했기 때문이었다. 미우라는 그걸 곧바로 눈치챘다.

"이주! 이주입니다!"

이주……?

'일주, 이주 하는 날짜 개념의 이주는 아닐 거고… 설마?'

여기에 나라를 차릴 셈이었냐?

석영은 어이가 없어 헛웃음이 나왔다.

무정부 국가로 변한 일본. 그래서 일본 수뇌부들은 나라를 버리고, 이곳에 다시 일본 제국을 건설할 생각이었던 것 같았다.

그리고 그건 실제로 성공해 가고 있었다.

사백이 넘는 내각 요원들이 악시온 제국에 소속되어 있는 것만 봐도 알 수 있었다. 침입이 실패했다면 요원들이 제국에 소속되는 일 따위는 일어나지 않았을 테니 말이다.

'그렇다면 제국 수뇌부에 일본 수뇌부가 들어갔겠군.'

그게 요원이든, 정치인이든, 분명 누군가는 제국의 수뇌부에 자리를 하나 얻은 게 분명했다. 상황이 참 골 때리게 돌아가고 있었다.

"나라가 망하니까, 여기다가 다시 나라를 세우시겠다? 역시… 참 쪽바리답다, 쪽바리다워. 후후."

한지원의 말에 미우라는 울컥하는 모양이었지만 그건 눈빛에 잠시 올라왔다가 사라졌다. 국가에 대한 충성심보다는 자기 자신의 생존 욕구가 훨씬 강한 놈이라 그는 필사적으로 감정을 컨트롤하고 있었다.

"좋아, 그럼 다음. 들여온 무기는?"

"……."

"미우라, 이번이 마지막이야. 한 번만 더 침묵하면 저 친구들을 따라가게 해줄게."

휙!

한지원의 시선을 따라간 미우라는 곧 나창미가 손가락을 잘랐던 놈의 목을 밟고, 그대로 분지르는 모습을 생생하게 구경해야 했다.

우드득!

비명도 지르지 못하고 죽은 동료를 보는 미우라의 눈이 파르르 떨렸다.

"미우라, 들여온 무기는?"

"에이케이! 에이케이 라이플과 글록! 베레타! 등 권총 무기들입니다!"

"저격 라이플은?"

"이, 있습니다!"

피식.

한지원의 싸늘한 조소가 이어지자, 문보라가 거침없이 앞으로 나갔다. 그러곤 미우라의 손가락을 잡아 그대로 꺾었다.

우득!

뚜두둑!

"끄으읍……! 끄악!"

꺾고 비틀어 버리는 잔인한 손길에 미우라는 참다가 결국 고통 찬 비명을 내질렀다. 한 치의 망설임도 없다. 그리고 또 한두 번 해본 솜씨가 아니었다. 문보라는 얼굴은 정말 순하게 생겼지만 괜히 한지원 팀의 넘버3가 아니었다.

"이곳에서 만든 무기는?"

"없! 없습니다! 만들려고 했지만 모두 실패했습니다!"

"실패했다? 뭘 만드려고 했지?"

"화학! 생화학 무기입니다!"

"……."

미우라의 악에 받친 외침에 장내에는 싸늘한 침묵이 감돌았다. 분위기가 뚝 떨어진 것은 전부 한지원, 나창미, 그리고 정석영을 포함한 이계인들 때문이었다. 이런 반응을 이해 못하는 오렌 공작과 차샤 등이지만 그들은 일단 조용히 사태를 지켜봤다.

"하… 시발 새끼들이 진짜……."

치익.

"후우……."

나창미가 품에서 담배를 하나 꺼내 입에 물고는 불을 당겼다. 그러곤 연기를 길게 내뿜었다. 그런 나창미의 행동에 석영도 담배를 꺼내 입에 물었다. 속은 물론 머리가 지끈거렸다. 지금 자신이 들은 게 맞는지부터 의문이 들었다.

'뭘 만들어……?'

생화학 무기……?

고작 다섯 단어다.

생. 화. 학. 무. 기.

하지만 이 다섯 단어에 담긴 뜻은 그야말로 무시무시했다. 생화학 탄 하나가 터지면……? 제대로 터지면 몇천은 우습고, 몇만, 몇십만도 우습게 죽어나간다. 그런 게 각 구역을 노리고 몇 개가 터지면 몇백만도 죽어나간다.

그래서 지구에서도 표면상 개발이 금지된 게 생화학 무기다.

그런 걸 지금 이놈들은 만들려고 했단 말을 하고 있었다.

"미쳤구만……."

휘드리아젤 대륙의 인간을 아주 싹 죽이고 싶었던 걸까?

시스템의 개입이 없었다면 정말로 그렇게 될 뻔했다. 공식이야 있으니까 만들기만 하면 되는 거다.

한지원을 포함한 이 여자들은 군인 출신이라 이러한 사실을 훨씬 더 잘 알고 있었다.

"문보라."

"네."

"지금 당장 접속 해제 하고 대령님한테 이 사실을 알리고, 팀장의 판단으로 지원이 필요하다고 해."

"네."

문보라가 곧바로 문밖으로 나갔다.

그녀의 대처는 매우 빨랐다.

"언니, 적당히 알아낸 거 같으니까 남은 건 언니가 좀 알아내 줘."

"오케이. 근데 숨은?"

"붙여놔. 간당간당하게."

"후후, 죽지도 살지도 못하게 만드는 건 내가 또 잘하지. 걱정 말고 일봐."

"응, 부탁할게."

드륵!

자리에서 일어난 한지원이 지켜보던 일행들에게 살짝 고개를 숙이곤 눈빛으로 자리를 옮기잔 신호를 보냈다. 가장 먼저 험험! 헛기침 소리와 함께 오렌 공작이 움직였고 그를 따라 전부 다 나갔다.

"오빠."

"응?"

옆에 찰싹 달라붙어 있던 아영이 석영을 불렀다.

"우리 이야기는 어디로 가는 거야?"

피식.

참 정곡을 찌르는 말이었다.

"후우… 글쎄, 안드로메다?"

"후후, 멀리도 간다. 멀리도 가. 그래도 가는 길 외롭진 않네. 오빠가 있어서, 후후."

아영이의 말에 석영은 그냥 웃고는 남은 담배를 마저 피웠다.

힐끔.

"어머, 이봐요들? 알콩달콩한 연애는 나가서 해주시지 않겠어요?"

눈을 새치름하게 뜬 나창미의 농담에 석영은 고개를 끄덕이곤 밖으로 나갔다. 밖으로 나가자 저 멀리서 노엘이 기다리고 있었다. 아무래도 안내를 맡은 모양이었다. 그녀의 안내를 따라가자 낮에 모였던 인원 전부가 다시 모여 있었다.

"엉덩이에 종기 나겠다, 힝."

정말 그녀의 말처럼 종일 앉아 있기는 한다.

석영과 아영이 빈자리에 앉자, '후-우' 한숨을 내쉰 한지원이 오렌 공작을 포함한 휘드리아젤 대륙 사람들에게 고개를 숙였다.

"왜 고개를 숙이고 그러시오? 괜찮으니 어서 일어납시다."

오렌 공작의 말에 한지원은 천천히 다시 상체를 세웠다. 그녀의 행동은 비굴하지 않은 정중한 사과였다. 상체를 세운 그녀는 천천히 입을 열었다.

"우리가 사는 세상의 일본이라는 국가입니다. 악시온 제국처럼 섬나라인데, 근 백여 년 동안 전쟁을 두 번이나 일으켰던 나라입니다. 그 당시 일본군에서는 최소 몇백만이 죽었습니다. 민간인 학살은 말할 것도 없고, 여성을 잡아다가 성 노리개로 전락시키고, 사내는 갱에 집어넣어 강제 노역을 시켰던 전범국입니다."

"흠……. 그 얘기만 들어도 악질적인 국가라는 게 확실하군요."

"네. 그런 일본의 특수 요원… 음, 그러니까 이곳 치안대원 같은 이들이 몇백 명이나 소속되어 있습니다. 이들이 노리는 건 국가 이주라고 했으니, 아마 분명 전쟁을 일으켜 영토를 확보할 생각일 겁니다."

"그들은 영토가 없소?"

"있었습니다만… 전에 얘기했던 몬스터 소환으로 인해 국가
가 뿌리부터 흔들리고 있습니다. 지금은 거의 무정부 상태라
고 봐도 무방합니다."

"흠……."

오렌 공작은 그녀의 말에 잠시 생각에 잠겼다.

석영도 마찬가지로 생각에 잠겨 있었다.

일본이 악시온 제국에 뿌리를 내리려는 것을 안 이상, 앞으
로 전략과 전술에 대한 수정이 반드시 필요했다.

'상황 참…….'

골 때리게도 됐다.

"우리가 따로 준비해야 할 게 있습니까?"

오렌 공작의 질문에 한지원은 고개를 저었다.

"지금은 준비한다고 해도 늦을 수도 있어요. 병사 훈련에만
최대한 집중해 주시고, 척후 병력을 늘려주세요. 나머지는 저
와 제 팀원들이 움직여 볼게요."

움직인다고?

석영이 좀 놀란 눈으로 바라보자 한지원은 고개를 끄덕였
다.

"알겠소. 그럼 저격수와 저격수의 동료인 당신들을 믿겠소."

"네, 감사합니다."

드르륵.

오렌 공작은 곧바로 일어나서 밖으로 나갔다. 그는 밖으로 나갔지만 아마 또 회의를 하러 갔을 것이다. 그리고 그건 이쪽도 마찬가지였다.

"후······. 하여간 지랄 맞은 새끼들······."

정말 오랜만에 그녀의 입에서 짜증 가득한 한마디가 흘러나왔다. 고상하게 행동하는 정도까지는 아니지만 웬만해서는 욕을 잘 안 하는 그녀인 걸 아는지라 석영은 지금 그녀의 기분이 매우 좋지 않음을 알 수 있었다.

드륵!

문을 열고 들어온 나창미가 자신의 자리에 앉았다.

"다 끝냈어?"

"어. 평생 제대로 걷진 못할 거야."

"또 끊었어?"

"응. 한 놈만 빼고."

피식.

"잘했어."

왜 하나만 안 끊고?

석영은 잠시 생각하다가 그 이유를 알 수 있었다.

'일부로 도망가게 만들 생각인가?'

경계를 느슨하게 만들어주고, 포박도 일부러 틈을 만들어준다. 그러면 일본 요원은 반드시 타이밍을 재서 포박을 끊고 도망칠 것이다. 그럼 그놈을 다른 요원이 추적해 적의 본진이나, 다른 비밀 기지로 갈 게 분명했다.

한지원과 나창미는 그걸 노리고 있었다.

한지원은 이후 차샤를 바라봤다.

"아무래도 이곳 지리는 그쪽 분들이 더 잘 아니 나중에 추적 부탁드려도 될까요?"

"걱정 마. 추적하면 또 죽여주는 애들이 둘 있거든."

"다행이네요. 그럼 그 건은 맡길게요."

추적이 죽여준다는 애들은 송과 매가 분명했다.

한지원은 이후 석영을 바라봤다.

"우린 이제 좀 바쁘게 움직여야겠는데?"

"대기 아니었어?"

"상황이 변했잖아. 어떤 무기가 있는지 모르니 가서 확인해 봐야지. 이러다 요술봉이라도 나오면 진짜 멘붕 온다."

"아……."

확실히 그렇긴 하다.

알라의 요술봉.

휴대용 미사일인 RPG7이 피븅! 하고 하얀 연기를 뿜으며 날아오면 진짜 답이 없다. 물론 석영이나 한지원 팀, 그리고 발키리 용병단처럼 실력자들은 그걸 보자마자 피할 능력이 있었다. 하지만 그렇지 않은 이들은? 일반 병사들은?

미사일이 터지고 나면 굉장한 폭음과 동시에 화염이 솟구친다. 특히 요즘 개량형 요술봉은 화력이 진짜 만만치 않다는 얘기가 있었다. 그런 게 몇 개나 터지면 병사들의 사기가 잠에 취한 고개처럼 뚝 꺾이는 건 말 안 해도 비디오였다.

그래서 한지원은 지금 그걸 털러 가자는 뜻이었다.

"원래 지가 뻗은 주먹에 맞는 게 훨씬 억울한 법이지."

"그러다 발 꼬여 넘어져서 손목 정도 부러져 주고?"

큭큭!

나창미가 그 말을 받고는 혼자 키득거렸다. 생각만 해도 좋은지 그녀의 얼굴에는 행복함이 한가득했다. 물론 단순하게 행복함만 있는 건 또 아니었다. 그녀의 이름은 나창미. 천하의 김아영조차 석영의 등 뒤로 숨게 만드는 살벌한 여자였다.

"언제 출발할 거지?"

"가능한 빨리."

"그럼… 내일 새벽에 움직이면 되겠네."

"그쯤 될 거야. 그때까지 최대한 체력 끌어올려 놔."

"……"

석영은 고개만 끄덕여 답을 하곤 자리에서 일어났다. 지금부터 있을 회의 내용은 어차피 노엘이나 한지원이 알려줄 테니 지금은 작전 준비를 하고 쉬는 게 먼저였다. 회의실을 나오자 비릿한 피 냄새가 후각을 자극했다. 분명 청소를 끝낸 것 같은데도 피 냄새가 코끝으로 강렬하게 스며들자 석영은 미간을 작게 찌푸렸다.

석영은 요즘 자신의 후각이 한층 예민해진 것을 알고 있었다. 그래서 준비되지 않은 상태에서 들어오는 냄새에 민감하게 반응했다.

오감이 예민해지는 건 사실 나쁜 건 아니었다.

전장에서, 전투에서 지대한 도움을 줄 게 분명했기 때문이다. 하지만 지금처럼 갑자기 훅 들어오는 상황에서는 기분이 왔다 갔다 흔들렸다.

"왜?"

"아니, 아무것도 아냐. 너도 가서 짐 싸놔."

"응. 안 그래도 갈 거야. 준비하고 바로 잘 거야?"

"저녁은 먹고 자겠지?"

"알았어. 이따 식당에서 봐!"

"그래."

숙소가 다른지라 석영은 위로 더 올라갔고, 아영은 계단을 통해 아래로 내려갔다. 방으로 들어온 석영은 바로 준비를 시작했다. 예전 한지원에게 배운 대로 하나씩 꼼꼼하게 정비하며 챙겨서 그런지 준비하는 데만 1시간이 훌쩍 지나갔다.

준비가 끝나자 어느덧 해가 뉘엿뉘엿 기울고 있었다.

금빛보다는 진홍빛을 띠는 황혼 녘을 석영은 잠시 넋을 놓고 바라봤다. 아름답기보다는 불길함이 느껴지는 황혼 녘이었다.

똑똑.

감상을 깨는 노크 소리에 석영은 정신을 차렸다.

"네."

끼이익.

문이 열리고 휘린이 조심스럽게 안으로 들어섰다.

"저녁 준비 끝났어?"

"네, 다 끝났어요. 그보다 내일 새벽에 또 나가신다고……."

"응. 정찰 임무야."

"아……."

"걱정했어?"

석영의 질문에 휘린은 그냥 배시시 웃었다.

"식사하세요!"

그러곤 후다닥 도망쳤다.

요즘 들어 저렇게 애처럼 구는 휘린의 모습은 석영에게 작은 위안이 됐다. 가방을 한쪽에 챙겨놓고 식당으로 내려갔다. 문을 열고 들어가자 이미 한지원의 팀이 다 모여 식사를 하고 있었다.

"오빠, 여기!"

참 여성스러움이라고는 조금도 없이 식사를 하던 아영의 부름에 석영은 바로 움직여서 그녀의 옆에 앉았다. 그러자 메이드가 와서 바로 식사를 주고 갔다. 잘 익은 고기와 샐러드, 수프와 빵까지 전형적인 서양식 식단이었다.

한지원을 포함한 그녀의 팀원 전체가 오렌 공작에게 받은 지도를 보며 밥을 먹고 있었다. 아영이도 마찬가지였다.

"숙지하시랍니다."

그리고 석영에게도 문보라가 와서 지도를 주고 갔다.

후.

외우는 건 사실 별로 안 좋아하는 석영이지만 만약의 상황에 흩어져 모일 일을 생각하면 어쩔 수 없이 외워야 했다. 프란 왕국 전역과 그 주변국의 지도였다. 지도는 지구의 지도만큼이나 세세하고, 꼼꼼했다.

스테이크를 큼직하게 썰어 먹은 석영이 한지원을 보며 입을 열었다.

"시작은 어디서 할 생각이야?"

"음, 퓨렌 산이라고 보이지? 리안에서 남쪽."

퓨렌…….

재미있게도 한글로 적혀 있는 퓨렌 산을 찾은 석영은 다시 한지원을 바라봤다.

"여기서부터 세 개 조로 찢어져서 움직일 거야. 한 조는 내

가, 한 조는 창미 언니, 한 조는 문보라와 석영 씨랑 아영이가
맡아서 움직여 줬으면 좋겠어. 중요한 것들은 보라가 알아서
챙길 테니까 같이 움직인다고만 생각해."

"그러지."

척후로는 최고의 조건을 가진 석영이지만 반대로 척후가 해
야 할 일에 대해서는 사실 거의 젬병이다. 척후라는 게 솔직
히 아무나 맡는 것도 아니었다. 일단 기본적으로 은신에 능해
야 하고, 주변을 살펴보는 감각이 넓어야 했다. 그리고 가장
중요한 건 경험이다. 수십, 수백 번의 실전으로 인해 쌓인 경
험은 실력 자체를 넘어설 정도로 중요했다.

안타깝게도 석영은 실력과 조건은 최고지만, 경험은 거의
전무했다. 기습전, 저격과 척후는 비슷하면서도 확실히 달랐
기 때문이었다.

"우리가 중앙, 창미 언니가 왼쪽, 보라랑 석영 씨가 우측을
맡아줘."

"알았어."

보드라운 빵에 잼을 발라 한입 크게 물었다.

사과 맛이 나는 이 지역 특산 과일로 만든 잼은 지구로 가
지고 가서 팔고 싶을 정도로 달고 깔끔했다.

"암살은?"

"초인급 전력 아니면 자제해. 괜히 위치만 노출시킬 수 있으

니까."

초인이면 위험을 감수하고 싸워도 된다는 뜻이었다.

그 이후는 별다른 말은 없었다.

식사를 끝낸 석영은 치안대 건물의 꼭대기로 올라갔다.

넓적한 옥상으로 올라오자 찬바람이 왜 이제야 왔냐고 투정 부리는 것처럼 석영을 마구 때렸다.

치익.

"후우······."

네모난 상자에 걸터앉은 석영은 하얀 악마의 연기를 입으로 내뿜었다. 뻐끔뻐끔. 옛날에 하던 것처럼 동그란 원을 만들어 뿜었다.

"쯔쯔, 오빠 양아치야?"

"신소리 말고 앉아."

"크크."

요상한 웃음을 내고 앉은 아영은 바로 석영의 어깨에 머리를 기대어왔다. 옛날이었으면 어깨를 툭 털어 그 머리를 치웠을 테지만, 지금의 석영은 그러지 않았다.

"왜?"

"그냥. 작전 나가면 한동안 못 이러니까."

피식.

아영이의 솔직한 말에 석영은 그냥 실소를 흘렸다. 그러곤 팔을 뻗어 아영이의 어깨를 안아 좀 더 가슴으로 당겼다.

"오오… 센스. 역시 남자는 연애를 해야 센스가 늘어."

"놓는다?"

"놓기만 해라. 확 삐져 버릴 거니까."

퍽이나…….

하지만 이번에도 석영은 그 생각을 입 밖으로 꺼내진 않았다.

쉬유.

새하얀 선이 밤하늘을 갈랐다.

그걸 우연히 목격한 석영은 눈을 동그랗게 떴다.

그리고 그때부터 유성우 쇼가 시작됐다.

슈, 슈슈슈슈슈!

무수히 많은 흰 유성우의 선이 밤하늘을 가로질러 대지로 떨어졌다. 아영이는 옛날이었으면 호들갑을 떨었겠지만 지금은 그러지 않고 잠자코 품에 안겨 그 광경을 즐겼다. 석영은 그걸 보면서 역시 이곳도 우주의 한 축이라는 걸 알 수 있었다.

'우주가 없었으면 저런 유성우가 보일 리도 없겠지.'

다른 차원.

그런데 이 차원에도 아주 당연하게 우주가 있었다.

사실 생각해 보면 당연한 걸 휘드리아젤 대륙에서 보다 보니 더 신기하게 느껴졌을 뿐이었다.

"오빠."

"응?"

"우리 이번에도 무사히 돌아오겠지?"

"어쩐 일로 약한 소리야?"

"그냥…… 이상하게 이번엔 좀 불안하네?"

"걱정 마. 싸우는 게 아니라 단순한 척후니까. 왜 몸 안 좋아?"

"아니, 그런 건 아닌데……."

"……."

석영은 그냥 말없이 아영이를 더 끌어당기며 이제 거의 끝나가는 유성우 쇼를 바라봤다. 그래서 조심스럽게 자신의 아랫배 쓰다듬는 아영의 손을 볼 수 없었다.

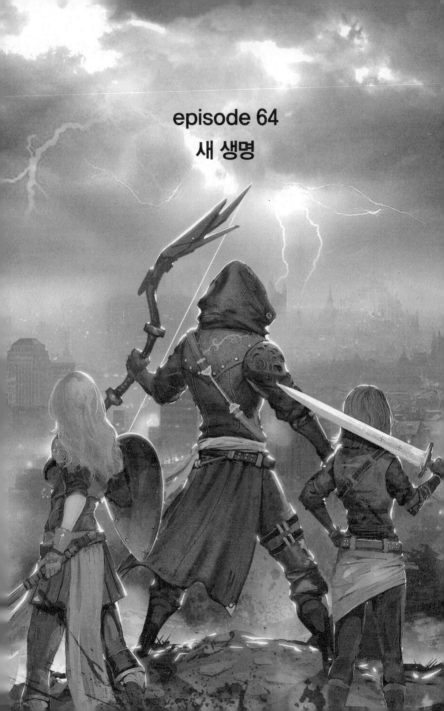

episode 64
새 생명

슥, 스윽.

수풀을 거침없이 뚫고 지나가는 문보라의 뒤를 석영은 열심히 따라 달렸다. 상업 도시 리안에서 나와 퓨렌 산까지는 딱 10일이 걸렸다. 산이 경계선이라 내려가는 순간부터 프란 왕국의 국경을 넘게 된다. 한지원과는 여기서 흩어졌다. 예정대로 석영은 문보라와 함께 우측을 맡아 움직였다.

팀을 나누고 다시 3일.

문보라의 정지 사인과 동시에 이동을 멈췄고, 손짓에 다가간 석영은 지긋지긋하기도 한 협곡의 정상에서 피난민들이 줄

지어 프란 왕국으로 향하는 걸 발견했다.

"전쟁 통이구만……."

뒤이어 도착한 아영이의 말에 석영은 저도 모르게 고개를 끄덕였다. 거리가 멀어 표정을 볼 수는 없었지만 결코 행복한 미소로 걸음을 재촉하고 있진 않을 게 분명했다. 살기 위해서 터전을 버렸다.

행복한 미소가 나온다면 정신병자와 다를 게 하나도 없었다.

"이제 어디로 움직이지?"

석영의 질문에 문보라는 시간을 확인했다.

"해질 때까지 쉬고, 협곡을 건너겠습니다."

"건너겠다고? 이렇게 넓은 곳을?"

석영은 저도 모르게 건너편으로 손가락질을 하며 되물었다. 아닌 게 아니라 거리가 꽤 멀었다. 대충 봐도 백 미터는 될 정도였다. 근데 여길 건너겠다고?

'무슨 수로?'

그런 생각을 했지만 곧 문보라가 꺼내 든 장비에 '아……' 하고 탄성을 흘렸다. 석궁과 하얀 줄. 피아노 줄보다 조금 두꺼워 보이는 하얀 선은 석영도 본 적이 있었다.

"강화를 통해 내구성을 올린 줄입니다. 최대 삼백에서 사백 킬로까지 버티니 저희가 넘어가는 데 큰 문제는 없을 겁니다."

그 말에 석영은 다시 건너편을 바라봤다.

확실히 이쪽이 위치가 높아서 잘만 매달면 활강으로 그대로 넘어갈 수 있을 것 같았다. 하지만 지금 당장 움직일 수는 없었다. 저녁이긴 하지만 아직 해가 떠 있어서 건너다가 들킬 확률이 있었기 때문이다.

석영은 나무를 등지고 앉았다.

"끙차."

그러자 아영이 옆을 냉큼 차지했다.

"자."

석영은 가방에서 마른 육포를 꺼내 아영에게 건넸다.

"땡큐!"

아영이 받아 입에 넣자 석영도 하나 입에 넣어 오물오물 씹었다. 한국에서 먹던 육포와는 비슷하지만 훨씬 더 쫀득함과 풍미가 있었다. 그리고 칼로리도 엄청 높아 서너 개만 먹어도 체력 회복에 도움이 될 정도였다.

어느 지방의 특산품이라고는 하는데, 가능하면 이것도 가져가서 팔고 싶을 정도였다.

30분쯤 쉬자 해가 졌다.

다들 가능한 한 최대한 휴식을 취하느라 모포를 몸에 두르고 자고 있었다. 하지만 문보라만 깨어 지도를 보며 동선과 일정을 정리하고 있었다. 석영은 조용히 그녀에게 다가갔다.

"뭐 해?"

"일정을 좀 정리하고 있어요."

"들을 수 있을까?"

"그럼요. 여기, 포아나로 일단 움직일 생각이에요. 이곳 요새를 확인하고, 다시 이쪽 보리스 평야 방향으로 움직일 거예요."

"보리스 평야? 이곳은 몸을 숨기기 별로지 않나?"

"그렇긴 한데⋯ 아마 이쪽으로 병력이 나눠서 이동할 것 같거든요. 그리고 온다면 분명 기병대."

"그럼 위험한 거 아닌가?"

"위험하죠. 하지만 그만큼의 메리트가 있을 거라고 봐요, 저는."

"그래?"

"네. 듣기로 악시온 제국의 초인 하나가 분명 이곳으로 올 것 같거든요."

"아아⋯⋯."

재앙의 유다.

유치찬란한 네이밍이지만 초인명이다.

마도 제국의 마법, 초원 제국 발바롯사의 주술과는 다르게 온몸에 문신을 새기고, 그 문신의 힘을 토대로 전장을 휩쓰는 전사형 초인이다.

왜 재앙이라고 부르냐면 문신의 힘으로 얻은 강력한 재생력 때문이다.

팔다리가 잘리지만 않으면 웬만한 상처는 10초 내로 재생해 버리는, 마치 트롤 같은 신체를 보유했기 때문에 재앙이라고 불렸다.

그런 강력한 재생력으로 전장을 휩쓴다.

아군의 입장에서는 든든한 수호신 같은 존재겠지만, 반대로 적군의 입장에서는 문자 그대로 재앙이었다.

기를 다루기 때문에 팔다리를 날리기도 어렵다.

목?

미쳤다가 목을 내주겠나.

상처를 입혀도 그냥 무시하고 끝없이 달려드니 적의 입장에서는 환장할 일이다. 그리고 그런 상황 자체가 사기에 지대한 영향을 끼친다. 아군에겐 상승의 효과를, 적군에게는 하락의 효과를 아주 무한대로 끼칠 것이다.

"아마 팀장님이나 부 팀장님도 그놈 목을 노릴 거예요."

"단순히 척후만 하러 나가잔 건 아니란 소리였네?"

"네. 그때 그랬잖아요. 잔챙이는 피하고, 초인이면 잡으라고."

정확하게는 초인이 아니면 전투를 피하라고 했지만 그거야 해석하기 나름이었다. 석영은 씩 웃었다.

현재 알려진 상태로는 프란 왕국으로 초인 둘이 움직인다고 했다. 다른 둘은 프란 왕국이 아닌 대륙 서쪽으로 향했다는 정보가 있었다. 그렇다면 둘 중 하나는 이곳으로 올 확률이 높았다.

또 다른 초인은 본대와 함께 움직일 거다.

"그다음엔?"

"이곳이 후방 보급 경로로 예측돼요. 여길… 타격합니다."

"타격한다고?"

석영은 놀라서 눈을 크게 떴다.

그러자 문보라가 씩 웃었다.

"그냥 정보만 얻고 돌아가기엔 손이 너무 허전하지 않겠어요? 마침 화약도 잔뜩 챙겨 왔고. 화끈하게 불놀이나 하고 가요."

피식.

석영은 문보라가 차분한 성격인 줄 알았다. 하지만 지금은 그런 생각이 전혀 들지 않았다. 화끈한 불놀이라니……. 그런데 지금 생각해 보니 한지원도 어째 그럴 것 같았다. 그녀는 의미 없는 척후 활동 같은 건 원래 안 하는 성격이었다.

'단순하게 정보만 얻자고 팀을 전부 데리고 나간다고?'

그렇게 생각했던 석영은 바로 고개를 저었다.

그럴 거였으면 나창미와 문보라에게 팀원 네다섯씩을 붙여

주고 둘만 내보냈을 것이다. 그게 아니면 차라리 송이나 매를 보내거나. 그런데 굳이 팀을 다 이끌고 나왔다.

'이 정도 전력이면 어지간한 부대는 그냥 쓸어버리고도 남지……'

만약 여기가 지구였다면, 도시 하나는 충분히 날려 버리고도 남았다.

도시 날리는 거? 어렵지 않다. 발전 시설부터 시작해서 터지면 곤란한 시설들을 죄다 폭파해 버리기만 하면 된다. 게다가 그곳은 이곳처럼 화력에 제한이 있지도 않다. 미사일 뻥뻥 갈겨대면 도시는 그대로 기능이 마비되고도 남았다.

"슬슬 해가 져가네요."

석영은 문보라의 말에 고개를 끄덕이곤 다시 가서 아영이를 깨웠다.

"우웅……. 시간 됐어?"

"응, 준비해."

"우웅……."

그 날인가?

아영이는 리안을 떠나서도 시종일관 피곤한 모습이었다. 하지만 그래도 입술을 꾹 깨물고 잘 따라오고 있어 석영은 굳이 왜 그러냐고 묻지 않았다. 여성의 민감한 날을 대놓고 물을 정도로 석영은 철면피가 아니기도 했다.

10분도 채 안 되어 다 일어나 준비를 시작했다.

퉁!

강화 줄을 연결한 석궁 볼트가 문보라의 손에서 날았다. 어둠이지만 이들에게 어둠은 그다지 문제가 되지 않았다. 강화된 신체는 시력까지 월등히 높여놨기 때문이다. 그리고 오렌 공작이 전해준 마법 물품 중에는 지구의 야간 투시경 같은 것도 있었고, 그걸 쓰면 이런 어둠이야 그냥 무시해 버릴 수 있었다.

픽!

"정숙아, 이거 나무에 감아."

"네."

구수한 이름의 체격 좋은 팀원 하나가 움직여 줄을 나무에 단단히 고정했다. 그리고 먼저 가서 경계를 맡을 팀원 둘이 곧바로 넘어갔다.

"대기."

20분쯤 뒤에 정찰이 끝났는지 짧게 라이트가 세 번 반짝했다. 그러자 알았다는 신호로 문보라가 한 번 라이트를 켰다가 껐다. 그러곤 바로 석영과 아영을 바라봤다. 석영은 몸을 푼 다음 바로 문보라가 준비해 준 장치를 잡았다.

그러곤 바로 몸을 날렸다.

후우웅!

줄이 미끄러지는 소리와 함께 바람이 얼굴을 사정없이 때렸다. 경사가 꽤나 져서 도착은 금방이었다. 도착하자마자 먼저 건너간 팀원들이 석영을 잡아 세워줬다. 석영이 활을 꺼내며 숲으로 이동하자 아영이가 바로 넘어왔다.

한 명씩 순차적으로 넘어오고, 마지막으로 문보라가 넘어왔다. 넘어온 그녀가 줄을 회수할 때였다.

지이잉…….

석영은 뇌리를 간질거리는 요상한 감각을 느꼈다.

툭툭.

여전히 힘이 없는 아영이를 툭툭 친 다음, 전방을 가리켰다. 그러자 아영이의 눈빛이 대번에 살아났다. 석영은 다시 아영이에게 뒤를 가리켰다. 가서 말하고 오라는 뜻이었다. 아영이 뒤로 움직이자 석영은 시위에 손가락을 걸었다. 간질거리는 느낌은 점차 진해졌다. 문보라가 소리도 없이 날듯이 옆으로 다가왔다.

그러곤 손가락으로 바닥에 글을 적었다.

적?
확인 불가.

아직 살기는 느껴지지 않지만, 동물이 아닌 사람이 이쪽으로 다가오고 있는 건 확실했다. 그리고 그 인원도 한두 사람이 아니었다. 대략 느껴지는 기척은 일곱.

수는?
일곱.

고개를 끄덕인 문보라가 다시 조용히 사라졌다. 그러곤 팀원들에게 포지션 별로 임무를 내렸다. 석영은 대기했다.
'아직… 멀어.'
거리가 상당했다.
하지만 석영은 자신의 감각을 믿었다.
분명 뭔가가 다가오고 있었다.
10분쯤 흐르자 기척에 다른 감각이 뒤섞이기 시작했다.
'민간인은… 아니다.'
일단 상당히 가까이 다가왔는데도 소리가 거의 없었고, 칙칙한 뭔가가 느껴졌다. 음습하고 칙칙한…….
'요원 특유의 느낌.'
적이다.
석영은 다가오는 자들이 적이라고 판단을 내렸다. 하지만 아직까지 살기는 없었다. 석영이 손을 슥 들자 문보라가 다시 다가왔다.

훈련받은 자들이야.

음…….

석영이 쓴 글을 본 문보라가 잠시 생각에 잠겼다. 훈련받은 자들은 언제나 위험하다. 잘못 살려두면 두고두고 후환이 될 수도 있다. 하지만 그렇다고 무턱대고 죽일 수도 없었다. 일단 한지원은 초인급이 아니면 되도록 전투를 피하라고 했다. 그러니 적이라고 해도 죽이는 게 능사가 아니었다.

'하필이면……'

넘어오자마자 맞닥뜨리는 건 또 뭔가.

하여간 운도 지지리 없었다.

그러나 운이 없고 있고 타령을 지금 할 때도 아니었다.

슥슥.

생포하죠.

문보라의 의견에 석영은 고개를 끄덕였다.

지금 이 팀의 리더는 문보라다.

그래서 석영은 그녀의 의견을 따르기로 했다. 다시 돌아간 문보라가 작전 지시를 시작했다. 석영은 그동안 아영을 살폈다. 여전히 눈빛이 별로였다.

이번엔 나만 움직일 테니까 좀 쉬어.

석영이 그렇게 글을 쓰기 무섭게 아영은 고개를 대번에 저었다. 그러곤 잔뜩 인상을 쓴 채 석영을 노려봤다.

너 지금 어디 안 좋잖아. 그러니까 이번엔 내 말 들어.

"……."

석영이 그렇게까지 했음에도 아영은 눈빛과 표정을 풀지 않았다. 그래서 결국 한숨을 내쉰 석영은 다시 어둠으로 시선을 돌렸다. 이 고집, 진짜 참 꺾기 힘들다는 생각과 함께.

기척은 계속해서 가까워졌다.

거리는 거의 20미터 정도.

석영은 천천히 시위를 당겼다.

두, 드, 드, 드, 득.

시위가 전에 없이 느리게 늘어났지만 그래도 어둠은 몰려들어 시위에 맺혔다. 그렇게 석영이 준비를 끝내자 문보라가 움직이기 시작했다.

슉, 슈슈슉.

그녀들이 지나가면서 일어난 바람에 석영의 머리카락이 흔들렸다가 다시 제자리를 찾자 고요하던 숲이 화들짝 놀라며 깼다.

빡!

빠각!

두득!

세 번의 소리가 들려난 끝에 수풀이 확 젖혀졌다. 미처 잡지 못한 적이 순간적으로 포위망을 뚫고 달려 나온 것이다.

석영이 막 움직이려는 찰나, 아영이 화살처럼 쏘아져 나갔다.

텅!

놀란 적의 칼을 막고, 휘릭!

빠각!

손바닥 안쪽으로 그대로 턱을 올려쳤다.

'오……'

물 흐르듯 매끄럽게 이어진 연환 공격에 석영은 상황이 상황인데도 순간적으로 감탄을 흘렸다.

확실히 석영만 성장하는 게 아니었다. 그때 봤던 것처럼 아영이의 눈빛도 조금씩 변하고 있었다. 한지원, 나창미를 포함한 팀원들도 마찬가지였다.

석영은 이걸 종(種)의 진화(進化)라고 봤고, 아직까지 아무도 검증하지 못했지만 이건 사실 정답이었다.

전투를 거듭할수록, 경험을 쌓을수록 석영과 그의 동료들은 인간의 한계를 넘어서고 있었다. 이는 완벽한 의미의 초인(超人)이 탄생하는 과정과 같았다.

풀썩.

실 끊어진 인형처럼 쓰러진 새까만 복장의 적을 잠시 보던 석영은 자세를 풀었다. 이어서 숲에서 몇 번의 격렬한 소리가 터지고 나자 숲은 언제 놀랐냐며 다시금 안정을 되찾았다. 석영은 당겨놨던 시위를 천천히 풀었다. 그러자 시위에 맺혀 있던 어둠이 서운한 것처럼 잠시 몸부림치다가 흩어졌다.

잠시 뒤에 문보라와 팀원들이 기절한 적을 질질 끌고 나와 나무에 묶기 시작했다. 아주 꽉! 피도 안 통할 정도로 묶은 다음 입에 전부 재갈을 물렸다. 아예 읍읍거리지도 못하게 우악스럽게 천으로 틀어막고는 딱 한 놈만 깨웠다.

뺨을 몇 대 때리자 정신을 차린 놈은 흠칫 놀랐다가 자신이 묶여 있는 걸 알고는 몸을 비틀며 발악을 했다. 육체가 구속되어 나온 본능적인 행동이었다. 하지만 문보라는 그 행동을 봐주지 않았다.

콰악.

머리카락을 잡은 뒤에 뒤로 확 재끼자 뚝! 하는 소리가 났다. 저기서 조금만 더 재꼈으면 아마 척추가 박살 나 평생 불구로 살아야 했을 것이다.

"조용."

"흐으……."

눈치가 빠른 놈이었다.

문보라가 시선을 마주치며 나직하게 흘린 말에 놈은 고개를 눈동자를 데굴거려 격렬하게 대답했다. 살고 싶은 의지가 아주 강한 놈이었다.

"지금부터 입을 막은 천을 빼고 질문을 할 거야. 조용하게, 그리고 확실하게 대답해. 아, 분명히 경고하는데 헛짓거리 할 거면 포기해. 내가 네 목을 부수는 게 빠를지, 네 목소리가 사방으로 퍼져 나가는 게 빠를지 시험해 보고 싶다면 해도 좋고."

"흐으……."

힘을 살짝 빼놔줘서 그런지 이번엔 고개를 흔들어 격렬하게 대답했다. 어떻게든 살겠다는 의지가 아주 철철 넘쳐흐르는 모습이었다. 뭐, 나쁘지 않았다. 이쪽은 빠르게 신문할 수 있어서 좋고, 저놈은 잘하면 살 수 있다는 희망을 가져서 좋고, 일석이조였다.

놈이 얘기를 할 준비가 된 것 같자 문보라는 입을 막고 있던 천을 뺐다.

"소속."

"다, 당……."

에휴.

석영이 고개를 절레절레 젓는 순간 문보라가 잡고 있던 머리채를 확 잡아당겼다.

두둑!

"커으……."

"꼭, 꼭 이런다. 지금 이 순간에 내가 누군지가 중요해? 뭐 이런 멍청한 게 다 있지? 다른 애들로 할까? 곱게 저승길에 발 담글래?"

"마, 말하겠소……."

"소속."

"요, 요하네스 공국 정찰대 소속 막심이오……."

요하네스?

석영은 그 말을 듣고 지도를 꺼냈다.

대륙 중부에서 서쪽으로 말을 타고 한 달 정도 달리다 보면 나오는 도시국가가 하나 있다.

공화국, 요하네스.

프란 왕도의 다섯 배에 달하는 거대한 도시로, 인구 삼천만이 한 도시에 사는 거대한 도시였다.

대한민국의 수도 서울과 비슷하다고 보면 되는 규모였다.

힐끔.

석영이 고개를 끄덕이자 문보라가 다시 막심을 바라봤다.

"좋아, 막심. 차근차근 하나씩 가자. 이곳에 온 이유는?"

"나는… 전령이오."

"전령?"

석영은 물론 문보라까지 고개를 갸웃했다.

"전령이라고?"

"그, 그렇소……."

진짜 살고 싶었나 보다.

자신이 전령이라는 것까지 얘기하는 걸 보니 말이다. 그렇다고 거짓말을 하는 것 같지도 않았다. 그렇다는 건 곧 저 말이 사실이라는 뜻이었다.

"어디로 가는 전령이지?"

"프, 프란 왕국이오……."

"하… 아놔……."

문보라의 한숨과 혼잣말을 석영은 똑똑히 들었다. 그래서 피식 실소를 흘릴 수밖에 없었다. 전쟁 통이라지만 그래도 소속 국가로 오는 전령을 두들겨 팼고, 이렇게 잡아 신문을 하고 있었다.

뭐, 심각한 외교적 문제로 번지지는 않겠지만 말이 나올 수도 있는, 별로 유쾌하지 않은 짓을 벌이고 말았다.

"다, 당신들은……."

"쉿. 아직 신문 안 끝났어."

"……."

용기를 내 말을 꺼내려던 막심은 짜증 가득한 문보라의 말에 곧바로 입을 다물었다.

"서신."

"그, 그건……."

"순순히 불래. 아니면 다 죽이고 내가 찾을까?"

"내, 내 상의 안쪽에 있소. 자그마한 통이 있는데 그 안에 밀봉해 놓았소!"

그 말에 그녀는 바로 품 안을 뒤져 통을 꺼냈다. 길쭉한 통을 뜯어내자 새까만 서신이 나왔다. 그걸 펼치자 하얀색으로 이루어진 글자도 보였다.

글자는 신기하게도 영어였다. 하긴 뭐, 이 세상은 굉장히 뒤죽박죽이라 그리 놀랍지도 않았다.

빠르게 다 읽은 문보라가 석영에게 다가와 서신을 건넸다. 석영도 서신을 읽었다. 영어지만 크게 읽는 데 문제 될 건 없었다. 대화는 좀 어렵지만, 읽는 것 자체는 문제가 없었기 때문이다.

석영이 서신을 접자 문보라가 들키지 않게 작게 한숨을 내쉬었다.

"곤란하게 됐네요."

"그러게요."

서신에 적힌 내용이 진짜라면 저들은 전령이자, 사신이기도 했다. 서신의 내용은 자금과 보급품을 무한 원조 해줄 테니 군사동맹을 맺자는 내용이 적혀 있었다. 다른 것도 아니고 군사동맹 제안서다.

이 제안서를 읽고 결정을 내리는 건 석영이나 문보라가 아닌, 마리아 여왕이다. 여기서 커트했다간 반드시 뒤에 탈이 날 상황이었다.

"왜 하필이면 이쪽으로 와서……."

"그러게요, 하아."

문보라는 한숨과 함께 이제 깨어나서 주변을 두리번거리고 있는 요하네스 공화국의 정찰대를 바라봤다.

처치 곤란이란 말이 딱 떠올랐다.

하지만 잠시 뒤, 석영은 좋은 방법이 떠올랐다.

"다시 다 기절시키고, 한 놈만 풀어주고 뜨자."

"오, 좋은 방법이네요."

어차피 죽인 사람은 없었다.

그러니 그냥 이대로 풀어주고, 그냥 가는 게 최고의 선택이라고 생각됐다. 얘기를 듣고 있던 팀원들이 문보라가 턱짓으로 신호를 주자 바로 움직였다. 그리고 아주 무식하게! 아주 확실하게 요하네스 정찰병들을 기절시켰다. 문보라가 마지막으로 막심의 끈을 느슨하게 풀어주고는 일어나며 명령을 내렸다.

"이동."

말이 나오자마자 곧바로 장소를 이탈했다. 그러곤 30분을 쉬지 않고 내달렸다. 협곡에서 이어지는 산을 내려와, 수풀이 우거진 평야에 들어서고 나서야 문보라는 이동을 멈췄다.

"정지."

그녀의 말에 달리던 팀원들과 석영, 아영이 동시에 멈췄다.

"후우……."

30분을 뛰었지만 폐는 별달리 고통을 호소하진 않았다. 그동안의 작전으로 체력이 매우 좋아진 탓이었다. 하지만 이상하게도 아영은 헉헉거렸다.

"후, 후우, 후우……."

"너 진짜 이상하다. 어디 안 좋은 거 아냐?"

"응? 하아, 아냐. 그냥… 컨디션이 별로라서 그래. 알잖아? 여자한테 소중한 날."

"흠……."

아영은 그 말 이후 숙였던 상체를 세우고 물을 벌컥벌컥 마셨다. 석영은 그런 아영을 조용히 지켜봤다. 이상했다. 단 한 번도 이런 적이 없던 아영인지라, 더욱 이상하게 보였다. 하지만 본인이 그렇게 얘기하니 석영은 더 이상 캐묻기도 뭐했다.

"십 분 간 휴식하고 다음 예정지로 이동할게요."

"알았어."

문보라가 떠나고, 석영은 아영의 옆에 앉았다. 옆에 앉아서 아영이를 돌아보는 순간 구름이 몰려와 달을 가렸다. 그리고 구름이 떠나는 순간까지 아영은 등을 돌려 누워서, 몸을 웅크리고 있었다.

10분은 금방 흘러갔고, 다시 이동이 시작됐다.

문보라는 아영의 상태를 알아봤는지 이동속도를 상당히 늦췄다. 빠르게 걷는 수준? 딱 그 정도였다.

이동은 50분을 걷고, 10분을 쉬고, 다시 50분을 걷고, 10분을 쉬고를 반복했다. 그렇게 대여섯 번을 반복하자 아침 해가 고개를 빼꼼 내밀었다. 이동이 느려서 목적지에 도착하진 못했지만 문보라는 그냥 여기서 쉬기로 마음먹었는지 주변을 살피고 휴식 준비를 했다.

가볍게 아침을 먹고 경계병을 제외한 일행은 바로 잠에 빠져들었다. 석영도 오랜만에 야간 행군을 해서 그런지 꽤 피로가 쌓여 눈을 감자마자 바로 곯아떨어졌다. 죽은 듯이 잠들었다가 다시 깼을 때는 해가 중천에 걸려 있었다.

잠에서 깬 석영은 아직도 곤히 잠들어 있는 아영을 뒤로하고 점심 준비를 하고 있는 문보라에게 다가갔다.

"밤에 별일 없었지?"

"네, 피난민 몇십 명이 근처로 오긴 했었지만 조용히 지나 갔어요."

"그래? 다행이네. 점심 먹고 바로 이동할 생각이지?"

"그래야죠. 근데… 아영 씨 몸이 안 좋은 것 같아서 걱정이 네요. 이 속도로는 예정 날짜 안에 다 못 돌아보겠어요."

"흠……. 확실히 어디가 안 좋긴 한 것 같은데. 그 날이라고 만 하고 제대로 대답을 안 해주네."

"음… 제가 진찰 좀 해볼까요?"

아…….

깜빡했다.

바로 앞에 있는 문보라는 의사 면허가 있고, 나머지도 전부 전문가 이상의 의료 처치가 가능한 인원들이었다. 애초에 분 쟁 지역으로 군 간호사나 민간 의료 봉사 단체 소속으로 파병 을 나가 작전을 수행했던 이들이 바로 이 여자들이었다.

"깜빡하고 있었네. 부탁 좀 할게."

"네, 맡겨주세요."

둘이 얘기를 끝내고 딱 돌아서는 순간 아영이 깨어났다.

잠에서 깬 아영은 출출한지 배를 매만졌고, 석영은 그런 아 영을 보고 저도 모르게 피식 실소를 흘리고 말았다. 문보라가 진찰 키트를 챙겨 아영에게 다가갔다. 석영은 커피 한 잔을 타 고 두 사람의 대화가 들리지 않는 곳까지 조용히 떨어졌다.

민감한 얘기가 나올 수도 있으니 알아서 피해준 것이다.

치익.

"후우······."

아침은 아니지만 그래도 눈뜨자마자 피우는 담배는 애연가만이 느낄 수 있는 맛이 있었다. 숲을 조금 벗어나자 넓은 평야가 보였다. 한국에서는 보기 힘들고, 유럽이나 러시아는 가야 볼 수 있는 광활한 평야였다.

이런 풍경을 보면 석영은 확실히 이곳이 지구가 아님을 깨닫곤 했다. 담배를 끄고 커피를 마시며 장소에 어울리지 않는 여유를 한창 가지고 있는데, 진찰이 끝났는지 문보라가 찾아왔다.

찾아온 그녀는 어쩐지 좀 난감한 얼굴이었다. 그리고 그녀답지 않게 바로 말을 꺼내지 않고 우물쭈물하고 있었다.

"왜? 아영이 몸 많이 안 좋아?"

"아니요. 그건 아닌데······."

"근데 왜?"

"아니, 그게······."

뭔가 심각하게 안 좋은 병이라도 생긴 건가?

석영은 바로 바위에서 몸을 일으켰다.

김아영.

그녀는 이제 석영이 사랑하는 사람이었다. 그런 연인에게 안 좋은 일이 생기자 석영의 표정은 바로 심각하게 변해 버렸다.

"…같아요."

"뭐?"

"임신 같아요."

"……."

그 말을 듣는 순간, 석영의 머릿속은 정말 오랜만에 하얗게 변해 버렸다.

석영은 잠시 눈을 깜빡깜빡거렸다.

그리고 자신이 지금 제대로 들은 게 맞나 생각해 봤다.

"임신……?"

뭔가 확 와닿지 않는 단어였다.

석영은 다시 문보라를 바라봤다.

"맞아요, 임신. 자세한 건 더 제대로 검사를 받아봐야 알겠지만 문진으로 보아 십 주 정도된 것 같아요."

"…십 주."

그날, 불태웠던 밤 이후 두 사람은 자주는 아니더라도 일주일에 한두 번은 잠자리를 가졌다. 너무나 적극적으로 다가오는 아영이었고, 석영도 이제 아영을 가슴에, 마음에 담았기 때문에 밀어내지 않았다.

"멍하죠?"

"음… 그러네."

임신이라고 하니 석영은 왜 요즘 아영이의 컨디션이 매롱인지 곧바로 이해가 갔다. 새로운 생명을 품은 몸으로 그렇게 움직여 댔으니 몸이 정상이라면 그게 더 이상한 일이었다.

"알고 있었겠지?"

"본인요? 물론이죠. 물어보니까 테스트기를 사용하지는 않았는데 짐작은 하고 있었다고 했어요."

"아… 진짜 이 미련한 여자를 어쩌냐……."

"후후, 석영 씨와 떨어지기 싫어서 그런 거니까 좀 이해해 주는 게 어때요?"

"이해야 하지."

치익.

석영은 담배를 하나 더 꺼내 입에 물었다.

"후우……. 이해는 하는데, 아이를 가졌으면 솔직히 말하고 남았어야 정상이잖아."

"사랑하는 사람과 함께 있고 싶은 마음도 정상이에요."

군인 말투가 아닌 여인의 말투로 대답했기 때문인지 석영은 왠지 더 이해가 잘 갔다. 석영은 연기를 다시 내뿜고, 조심스럽게 물었다.

"건강은… 어때?"

"괜찮아요. 다만……."

"함께 움직이는 건 무리다, 이거지?"

"네. 아무래도 임신 초기다 보니 격렬한 이동은 무조건 피해야 하거든요."

"음……."

석영은 임신에 대한 아주 기초적인 지식만 가지고 있었다. 하지만 그것도 하도 옛날에 배운 것들이라 가물가물했다. 다만, 임신 중에 격렬한 운동은 삼가는 게 좋다는 아주 기본적인 상식 정도는 아직 기억에 남아 있었다.

"게다가 저희가 단순히 이동만 하는 건 아니잖아요. 앞으로 상황에 따라서 피가 튀고 팔다리가 잘려 나갈 건데 그걸 보는 것도 산모의 정신 건강에 매우 좋지 않아요."

"음."

"그리고 더 심각한 건, 아영 씨가 전투에 투입될 때예요. 이런 상황은 무조건 피해야 하는데 사람 일은 아무도 모르는 거잖아요."

"오케이, 이해했어."

이 정도 얘기했는데 못 알아들으면 그건 진짜 등신이라고 해도 할 말이 없었다. 담배를 끈 석영은 다시 팀원들의 진지로 돌아갔다. 가는 동안 석영은 몇 번이나 멈춰 섰다. 단 한 번도 가져보지 못했던 감정이 머릿속에 둥둥 떠다니고 있는 기분이었다.

'내가… 아빠가 된다?'

하! 하, 하…….

헛웃음이 나오다가 쏙 들어갔다.

석영은 이 신기한 기분을 도대체 뭐라고 정의 내려야 할지 도저히 갈피를 잡지 못했다. 입꼬리가 올라갔다가도, 다시 내려가면서 심각해지고를 반복했다. 그냥 걸었으면 5분도 안 돼서 도착할 거리를 20분이 넘도록 걷고 나서야 겨우 도착했다.

도착하자마자 보이는 건 무릎을 끌어안고 고개를 푹 숙이고 있는 아영이었다. 석영은 바로 걸어가 그녀의 옆에 앉았다.

석영을 힐끔 올려본 아영의 볼이 빨개지더니 다시 고개를 푹 숙였다.

"죄 지었어?"

"아니… 그냥, 창피해서……."

"죄 지었지. 왜, 그 날이라며?"

"그, 그건……."

고개도 들지 못한 채 대답하는 아영이가 석영은 너무나 귀엽고 사랑스러웠다. 자신이 이런 감정을 가진다는 것 자체에 신기해하면서도, 가슴 가득 스며드는 벅찬 감동도 같이 느껴졌다.

"뭐라고 안 할게."

"진짜……?"

석영이 그렇게 얘기하고 나서야 아영은 고개를 들고 그를 올려다봤다. 겁먹은 아기 고양이 같은 느낌에 석영은 저도 모르게 손을 뻗어 아영이의 머리를 쓰다듬었다.

"왜 말 안 했냐?"

"그게… 말하면 오빠가 못 따라오게 할 것 같아서……."

"그거야 당연하지."

"뭐라고 안 한다며……?"

"이건 뭐라고 하는 게 아니라, 아주 당연한 걸 얘기하는 거지. 누가 임신한 몸으로 작전을 따라 나와? 네가 말했으면 나도 같이 남았을 텐데."

"진짜?"

"응, 아마 그랬을 거야."

"…안 그랬을 것 같은데."

"됐고. 너 계속 따라올 건 아니지?"

"같이 가면 안 될까?"

피식.

말이 되는 소리를…….

석영은 손을 들어 문보라를 불렀다.

가벼운 걸음으로 다가온 그녀에게 일단 앉으라고 손짓했다. 그녀가 두 사람의 앞에 앉자 석영은 말문을 열었다.

"작전, 중지할 수 있을까? 아영이를 돌려보내야 하는데 혼자 보낼 수는 없잖아."

"음……. 팀원 한둘 붙이는 것도 불안하기도 한 상황이네요."

사실 아영은 임신 중만 아니라면 웬만한 기사나 전사는 가볍게 씹어 먹는 방어형 전사다. 아마 한지원 정도가 아니면 그녀의 팀원들도 아영을 제압하는 건 매우 힘들 것이다. 실제로 눈앞에 문보라와도 예전에 대련을 했던 적이 있는데 아주 팽팽하게 호각을 이뤘다. 문보라가 창이라면 아영은 방패였고, 둘의 대련은 결국 승패가 나지 않았다. 이쪽 휘드리아젤 대륙도 마찬가지다.

차샤나 아리스 정도는 되어야 아영과 비슷했다.

이렇게 가녀려도 장난 아닌 전사였지만 지금은 임신 중이다. 본인 실력의 50%도 제대로 꺼낼 수 있는 상황이 아니었다. 그러니 혼자는 못 보내고, 팀원들을 붙여야 하는데 한지원의 팀 자체가 애초에 그리 많지 않아 세 팀으로 쪼갰더니 한 조당 겨우 일곱 정도였다. 여기서 둘을 빼면 문보라랑 석영까지 합쳐도 인원이 너무 적다. 게다가 이들은 전부 각자 주특기를 가진 팀원들이라, 한 명이 빠지면 작전 수행 능력이 뚝 꺾여 버린다. 석영도 그걸 아니 물어본 거다.

지금 작전을 중단할 수 있는지.

이 팀의 팀장은 석영이 아니고, 문보라였다.

더 넓은 시야를 가진 그녀고, 경험 자체도 석영과 비교할 수조차 없이 많았다. 그래서 석영은 전적으로 그녀의 결정을 따를 생각이었다.

곰곰이 생각에 잠겨 있던 문보라는 결정을 내렸는지 두 사람을 보며 입을 열었다.

"그럼 일단 가면서도 상태를 계속 체크해야 하니 산부인과에서 일했던 정숙이를 붙여줄게요. 석영 씨는 아영 씨랑 같이 리안으로 돌아가세요. 저희는 이대로 척후 임무를 속행할게요."

"속행한다고?"

"네, 걱정 말아요. 최대한 전투는 피하고 척후 임무만 수행할 거니까. 그건 또 우리 전문이라 아무런 문제도 없을 거예요."

"음… 초인은 다를 건데? 기척이 엄청 민감하다고 들었어."

"설마 삼사 킬로 밖에서도 감지하는 정도는 아닐 테니 걱정없어요. 진짜 멀리 떨어져서 확인만 하고 바로 돌아올 거니까. 이런 임무, 수없이 해봐서 그리 어렵지도 않아요."

문보라가 그렇게 대답하고는 아영을 바라봤다.

아영은 수줍게 고개를 다시 숙였다.

그러자 문보라가 일어나 아영에게 다가와 그녀를 가볍게 안았다.

"축하해요."

"아, 아하하……."

문보라의 축하 인사에 아영은 어색하게 웃고는 저도 모르게 자신의 배를 쓰다듬었다. 석영도 이번엔 그 손을 제대로 봤다. 아영이 쓰다듬는 손 안으로 자신과 아영이의 아이가 자라고 있었다.

새로운 생명.

'전쟁터에서도 꽃은 핀다더니…….'

근데 여기서는 꽃 정도가 아닌, 새 생명이 피었다.

기분이 나쁘지 않았다.

아니, 오히려 아까부터 지금까지 계속 벅찬 상태를 유지했다.

"자, 그럼 움직일까요?"

"그래."

정리를 하려고 석영이 일어나자 아영이 엉거주춤 따라 일어났다. 그러자 주변에서 쉬고 있던 팀원들이 축복의 박수를 가볍게 쳐줬다.

짝짝짝. 작게 치는 박수지만 아영은 그 박수에 예쁘게 웃고는 고개를 숙여 인사를 했다. 생명의 잉태는 축하받아 마땅한 일이었다.

그렇게 축하가 끝나고, 문보라가 먼저 출발했다. 그녀가 사라지자 석영도 리안으로 다시 발걸음을 뗐다. 왔던 길을 되돌아가고 있고 아무런 소득도 없었지만, 석영은 이상하게도 가벼웠다. 그리고 자꾸 실실 웃음이 나왔다.

옆에서 걷던 아영이 팔꿈치로 옆구리를 툭툭 쳤지만 석영은 웃음을 멈추지 않았다.

'모든 예비 아빠들이 이런 마음이었을까?'

아영도 이제 긴장이 풀렸는지 편한 표정을 짓기 시작했다. 아영은 슬그머니 손을 뻗어 석영의 손을 잡았다. 석영은 그 손을 꽉 쥐어줬다. 그러자 아영은 석영을 올려다보며 예쁘게 웃었다. 말괄량이, 저돌적인 김아영은 어딘가로 사라지고, 그 저 아름답고 사랑스러운 여인 김아영만 남아 있었다.

석영은 처음으로, 정말 처음으로 이 미소를 언제고 영원토록 바라보고 싶다고 생각했다. 그리고 그것을 위해서라면 무엇이든지 하겠다고, 그 누구도 모르게 가슴에 각인하듯 다짐했다.

왔던 길을 되짚어가는 건 어렵지 않았다.

그리고 체감상 올 때보다는 훨씬 더 빨리 돌아가는 것처럼 느껴졌다. 그렇게 이동해 리안에 도착한 건 2주가 딱 지났을 때였다. 베이스캠프로 쓰는 치안대 건물에 도착하자 앞에서 경비를 서고 있던 치안대원들이 놀라서 석영을 바라봤다.

"다들 안에 있나요?"

"아, 아닙니다. 공작 각하는 주변 정찰에 나가셨고 발키리 용병단과 레이첼 용병단은 따로 훈련하고 있습니다. 안에는 노엘 님만 계십니다."

"알았어요. 고맙습니다."

"별말씀을. 그보다 무슨 일 있으셨습니까? 작전은 더 오래
걸릴 거라고 알고 있었는데."

"아니요. 별일 없습니다. 그럼 수고하세요."

아영이 임신해서 돌아왔다고 굳이 떠들 필요가 없어서 가
볍게 대꾸하고 안으로 들어갔다. 노엘이 거주하는 사무실로
가자 서류에 파묻혀 있던 그녀는 또 결재해야 할 게 온 줄 알
고 한숨을 내쉬며 문을 바라봤다가 석영과 아영을 보곤 눈을
동그랗게 떴다. 그러곤 잠시 뒤 정신을 차리고 벌떡 일어나서
다가왔다.

"무슨 일이에요? 왜 벌써 돌아왔어요?"

"음… 그게 말이지."

석영은 좀 난감했다.

이런 경험이 처음이라서 이걸 어떻게 설명해야 할지 갈피가
잡히지 않았다. 석영이 그답지 않게 우물쭈물하자 노엘은 고
개를 갸웃했다. 그러자 옆에 가만히 서 있던 아영이 한 발 나
섰다.

그러곤 자신의 아랫배를 조심스럽게 쓰다듬었다.

당연히 그런 아영이의 행동에 시선이 돌렸던 노엘은 잠시
뒤에 깨달았는지 아영과 석영을 번갈아 바라봤다.

"아… 아아, 그렇구나……. 음음."

혼자 고개를 주억거리는 노엘을 보며 석영은 그냥 가만히 서 있었다. 어떻게 반응을 해야 할지, 이 역시 몰랐기 때문이다.

잠시 뒤에 고개를 든 노엘은 환하게 웃는 표정으로 문보라처럼 양팔을 활짝 벌려 다가와 아영을 안았다.

"너무 축하해요."

"헤헤, 고마워."

아영이 바보처럼 웃으며 마주 안자 그걸 지켜보던 석영은 어쩐지 뻘쭘해져서 자리를 비켜줬다. 석영은 그길로 옥상으로 올라갔다. 리안에서 가장 높은 곳이라 풍경이 아주 잘 보였다. 신기하게도 이곳은 곧 전쟁이 벌어질 예정인데도 활기찼다.

본래라면 비장함이 느껴져야 정상이지만, 아무래도 저격수의 존재를 굉장히 굳게 믿고 있는 것 같았다.

뭐, 나쁘지 않은 현상이었다.

석영은 이곳까지 오는 동안 아영이를 위해 한 번도 피우지 않은 담배를 꺼내 입에 물었다.

치익.

"후우……."

하얀 연기가 뭉게뭉게 피었다가, 휘이잉! 소리를 내며 불어온 바람에 허무하게 흩어져 사라졌다. 저 멀리 공터에서 예닐곱 정도 된 아이들이 뛰어노는 게 보였다. 거리가 꽤 되지만 비정상적으로 확장된 시야에다 집중까지 하자 아이들의 표정까지 보였다.

전쟁에 대한 걱정은 아예 없는 표정들. 순수하고 맑고, 티 없이 깨끗하다는 표현이 딱 어울리는 표정들이었다.

'내 아이도 자라면 저런 표정을 짓겠지?'

피식.

그런 생각을 하자 저도 모르게 실소가 흘러나왔다. 근 이 주간 생전 안 해봤던 고민과 생각을 하고 있었다. 석영은 그러한 사실이 너무 신기했다.

"아빠라······."

그 단어를 흘린 석영은 알지 못했다.

자신의 입꼬리가 실룩실룩거리고 있음을.

예비 아빠의 아주 솔직하고, 평범한 반응이었다.

episode 65
악시온 제국전II

석영이 돌아오고 3주 뒤에 돌아온 한지원과 나창미는 정말 엄청난 전과를 올리고 돌아왔다.

일단 나창미는 적의 보급 기지를 급습, 한지원이 설마 했던 알라의 요술봉과 목함 지뢰, 그리고 수류탄을 가득 들고 왔다. 인원이 얼마 안 되어 수량이 별로일 거라는 예상도 아주 좋게 빗나갔다. 그녀는 적을 포로로 잡은 뒤에 짐꾼으로 이용했다. 포로는 총 스물이었고, 그들이 들고 온 무기의 수는 솔직히 한 개 소대를 만들어도 될 양이었다.

물론 그게 끝은 아니었다.

보급 기지를 지키던 간부 전원을 한 번에 암살해 버리기까지 했다. 중간 간부까지 죄다 목을 갈라 버린지라 보급 부대는 그대로 혼란에 빠져 버렸다.

원래 군 특성이 그랬다. 명령을 내려줘야 움직이는 자들. 그걸 아는 나창미의 선택은 최고의 선택이었다.

한지원은 더했다.

재앙의 유다.

그 목을 들고 왔다.

모두가 반신반의했지만 역시 악시온에서 도(刀)를 배운 아리스가 유다의 얼굴을 확인해 줬다. 초인을 잡았다.

모두가 멍한 표정으로 한지원을 바라봤지만 그녀는 그저 어깨만 으쓱하고 말았다. 하지만 그렇다고 한지원이라고 무사한 건 아니었다. 석영은 처음 봤다. 한지원이 옆구리가 갈라져 붕대를 매고 있는 모습을 말이다.

초근접전을 펼치다 아무리 상처를 입혀도 자꾸 재생하자, 옆구리를 내주고 턱 아래부터 머리까지 검을 꽂아 넣어서 잡았다는 얘기에 거의 모두가 고개를 절레절레 저었다. 말이 옆구리를 내주고 턱에 검을 꽂는 거지, 솔직히 저게 쉬운 일이 아니었다.

게다가 초인은 기를 다룬다. 특히 유다는 기막(氣膜)을 운용한다는 얘기가 있었다. 자잘한 상처는 그대로 두지만, 머리,

심장 등 급소로 날아오는 거의 모든 공격을 기막으로 방어한다. 아마 생존 본능일 것이다. 머릿속이 헤집어지고 심장이 갈리고 나면 재생은 불가능하다는 걸 그도 알고 있을 테니 말이다.

하지만 한지원은 그걸 뚫고 머리에 칼을 박았다.

둘이 딱 맞붙고, 20분 만에 나온 결과였다.

초인을 잡았다.

리안 성엔 다시 목 하나가 걸렸고, 소문은 급속도로 퍼져나가기 시작했다. 목의 주인, 초인이 또다시 잡혔다는 소식으로 인해 왕국이 들썩였다. 그리고 그건 비단 프란 왕국만 그런 게 아니었다.

프란 왕국과 인접한 왕국들, 전쟁의 위험에 시달렸거나 이미 전쟁의 겁화가 쓸고 갔던 왕국의 백성들은 악시온 제국 초인의 죽음에 열광적인 환호를 했다. 그리고 그와 반대로 악시온 제국군의 사기는 그대로 뚝 꺾였다.

아주 당연한 일이었다.

초인 하나가 주는 든든함은 상상 그 이상인데 벌써 초인 둘을 잃었다.

그것도 프란 왕국에 말이다.

하지만 물론, 그것 때문에 악시온 제국은 제대로 열이 받아버렸다. 세 개로 쪼갰던 군의 병력을 차출해 프란 왕국으로 향하던 군에 합류하게 했고, 병력이 합류하자 프란 왕국으로 진군해 왔다. 그 수가 무려 십오만에 육박했다. 하지만 이미 기세가 오를 대로 오른 프란 왕국은 조금도 겁내지 않았다.

한지원이 재앙의 유다를 죽이고 그 목을 성문에 건 지 한 달, 드디어 악시온 제국군이 첫 번째 요새 너머로 모습을 드러냈다.

*   *   *

"와우."

한지원이 악시온 제국군을 보고 나서 터뜨린 감탄사였다.

"야, 새까맣다. 새까매."

옆에선 나창미도 나름의 감탄사를 내놓았고, 그 말에 석영은 격한 공감을 할 수밖에 없었다. 실제로 지금 석영의 눈에 보이는 적군도 그냥 새까맣다는 표현밖에 할 수 있는 게 없었다. 그냥 진짜 문자 그대로 새까맣게 몰려왔다.

"저게 십오만이라는 거지?"

"아니지. 세 개로 나눴다니까 저건 오만쯤?"

"와우."

악시온 제국군은 리안의 24개 요새를 공략하기 위해 군을 세 개로 다시 나눴다. 그런데 그건 어쩔 수 없는 선택이었다.

요새로 입구는 총 세 개고, 다른 곳은 그냥 들어왔다가는 쌓여 죽기 딱 좋은 간격을 유지하고 있었다.

그래서 악시온 제국군은 노엘이 의도한 대로 군을 세 개로 나눴다. 첫 번째는 아주 훌륭하게 의도한 대로 먹혔다.

"노엘 그 아가씨, 확실히 전략가적 기질이 있어."

"이 요새만 해도 딱 알 수 있지, 그런 건. 음음, 아깝다. 소속만 없었으면 우리 팀에 넣고 싶은데."

노엘이 들었으면 '그렇습니까? 영광입니다', 딱 이러고 말았을 얘기였다.

"언니, 장비는 다 설치했어?"

"물론. 준비 인사는 화끈하게 해줘야지."

"그럼. 사인만 줘. 아주 화끈하게 터뜨려 줄게."

대화를 듣고 있던 석영은 고개를 절레절레 저었다.

전쟁이 시작되자 두 사람은 아주 활기가 돋았다. 특히 나창미는 특유의 시큰둥함이 섞인 시니컬함을 모조리 날려 버린 채 시종일관 웃음을 유지했다. 한지원도 나창미보단 낫긴 하지만 확실히 웃는 시간이 많아졌다.

석영은 그 이유를 알 수 있을 것 같았다.

PTSD(Post Traumatic Stress Disorder).

흔히 외상 후 스트레스 장애라고 하는 정신병을 앓고 있던 두 사람이다. 그중 나창미가 더 심했고, 한지원도 일상생활은 가능하지만 딱 가능한 정도가 전부였다. 나른함, 무료함. 초기 한지원의 얼굴을 장악하고 있던 감정들이었다.

그런데 그게 전쟁터에 들어서자 씻은 듯이 사라졌다.

'고향에 온 기분이겠지……'

낚시꾼은 강이나 바다에 가면 안정을 찾고 레이서가 주행할 때 삶의 의미를 찾듯이, 이 둘도 마찬가지였다.

전쟁.

이 단어는 두 사람에겐 존재의 이유, 그 자체였다.

동료라는 기둥 말고 둘을 지탱하는 가장 강력한 기둥 중 하나이기도 했다.

삶의 이유, 삶의 의미.

둘에게 전쟁은 절대로 빼놓을 수 없었다.

어떻게 보면 그리 좋은 목적으로 전쟁터에 발을 들였다고 하기엔 그렇지만, 둘은 그걸 그리 나쁘게 생각하지도 않는 것 같았다.

"맞다. 여기 있어도 돼?"

한지원의 말에 석영은 그녀를 돌아봤다.

"고집이 워낙에 세서. 자기는 보호받을 대상이 아니라나 뭐라나."

석영의 대답에 한지원이 피식 웃었다.

한지원은 처음 아영이 임신했다는 소식을 들었을 때, 정말 환하게 웃었다. 노엘이나 문보라보다도 훨씬 더 활짝, 정말 활짝 웃으며 아영을 안았다. 다른 사람들이 축하한다고 했을 때는 헤헤 웃던 아영이 유일하게 그녀와 안았을 때만 눈물을 흘렸다. 당연히 유대 관계의 차이에서 나온 반응이었다. 아영은 한지원을 친언니처럼 따랐다.

그 이유인즉슨, 정말 가족처럼 생각한다는 뜻이었다.

이후 한지원은 아영에게 지구로 돌아가는 게 어떻겠냐는 제안을 했지만 아영은 당연히 그녀의 제안을 거절했다. 그리고 아영이 거절하자 한지원은 더 이상 아영에게 돌아가라고 권하지 않았다. 그렇게 한 달이 지났다.

전화의 불길이 다가올수록 석영은 아영이 걱정됐지만 한지원의 말도 안 들은 아영이 자신의 말을 들을 리가 없다는 걸 아는지라, 그냥 빠르게 포기했다. 게다가 옆에서 보살펴 주는 것도 그리 좋아하지 않았다.

시기가 시기인 만큼, 석영을 밖으로 강제로 등 떠밀어 내보냈다.

"지원아, 지원아. 저기, 저기 뭐 오는데?"

아주 짧게 이어진 대화가 나창미의 말에 강제로 끊겼다. 석영도 그쪽으로 시선을 돌려보니 까만 점 하나가 천천히 다가오고 있었다.

"전령인가?"

"아무래도?"

안력을 집중하니 하얀 깃발이 보였다.

항복의 의미가 아닌, 사신(使臣)의 의미가 담긴 깃발이었다.

"대가리 날려 버리면 안 되겠지?"

"그걸 말이라고 해?"

옛날 시대에도 사신의 목을 치는 건 절대로 해선 안 될 일이었다. 그때 당시와 현대사회도 마찬가지로 사신을 죽이면 주변국의 비판을 면하기 어려웠다.

"장난이야, 장난."

말은 그렇게 하지만 나창미는 만약 한지원이 고개를 끄덕였다면 곧바로 사신의 대가리를 날려 버렸을 거다.

사람의 목숨을 논할 때, 그녀는 결코 농담을 내뱉는 법이 없으니 말이다.

사신은 20분쯤 걸려 요새의 입구에 도착했다.

총 셋.

무사 둘과 문사 한 명으로 이루어진 사신단이었다. 그런데 가까이 다가온 놈들의 복장을 본 한지원과 나창미는 헛웃음을 터뜨렸다. 그리고 그건 석영도 마찬가지였다.

"사무라이… 네?"

"응, 사무라이."

"사무라이 맞네."

무사 둘의 복장이 아주 전형적인 사무라이 복장이었다.

하체를 덮는 갑옷은 물론 상갑주, 그리고 사무라이의 상징이라 할 수 있는 뿔 달린 귀신 형상의 투구까지, 누가 보더라도 사무라이를 떠올릴 갑주였다. 게다가 옆구리에는 일본도를 각각 세 자루씩 끼고 있었다.

"이 세상 설정은 확실히 뭔가 제대로 비틀렸어."

"동감이야."

석영은 전부터 생각했다.

한글과 영어, 한문과 일본어까지 존재하는 세상이다.

'누가 차원 이동 해서 전파한 게 아닐까……?'

예전에 유행했던 소설의 트렌드 중 하나인 이고깽, 석영은 딱 그게 생각났다. 하지만 그 생각은 곧 강제로 끝나야 했다.

"나는 악시온 제국의 적각 무사, 시온이다! 위대한 전략가이신 하루키 님의 서신을 가지고 왔으니 문을 열어라!"

피식.

피식.

피식,

도합 세 개의 실소가 요새 위에서 흘러나왔다. 당연히 석영을 포함한 세 사람의 실소였다.

성문을 열라고?

아무리 고전에 약한 셋이라고 해도 전쟁 중에 성문을 열고 사신을 영접한다는 소리는 듣지 못했었다.

게다가 이미 저쪽 초인의 목을 두 개나 따버렸다. 철천지원수라고 해도 과언이 아닌 상태였다.

"개념 없는 새끼일세."

"내가 갔다 올게."

"니가?"

"같이 갈래?"

"나야 좋지."

힐끔.

한지원의 시선에 석영은 고개를 끄덕였다. 혹시 헛짓거리하면 사신이고 나발이고 죽여 버리란 뜻이었다. 행동이 결정 나자 두 사람은 곧바로 줄을 매달아 던지곤 요새 아래로 내려갔다. 성문? 저건 열기 너무 힘들었다. 일단 두께도 두께고, 한 번 열고 닫는 데 시간이 너무 걸렸다. 충차 공격에도 버티도록 고안, 제작된 특수한 성문이라 저 성문이 열릴 때는 요새가 함락당할 때가 될 것이다.

아래로 내려간 한지원이 가볍게 다가가, 적각 무사인가 뭐시긴가 하는 자에게 다가갔다. 그러곤 잠시 얘기 뒤에 문사로 보이는 이가 돌돌 말린 두루마리 서신 하나를 한지원에게 건넸다.

휘휘.

한지원은 그걸 펼쳐 읽어보고는 피식 웃은 뒤에 나창미에게 건넸다. 그러자 나창미는 폭소를 터뜨렸다.

"푸하하! 아하하!"

대놓고 웃는 비웃음에 무사 둘의 얼굴에 균열이 갈 때쯤, 그녀는 서신을 다시 말아 위로 획 던졌다. 그 서신을 그대로 캐치한 석영은 서신을 펼쳤다. 서신에는 아주 긴 문장이 적혀져 있었다. 하지만 잡다한 얘기를 빼고 설명하자면 딱 몇 마디로 요약이 가능했다.

항복해라.

그러면 목숨은 살려주마.

단, 항복의 표시로 저격수의 목을 보내라.

이런 개소리가 마치 아량을 베푼다는 식으로 적혀 있었다.

피식.

그래서 석영도 다 읽는 순간 결국 실소를 흘리고 말았다.

'내 목을 달라고?'

지랄하네…….

그렇게 생각하는 순간, 칼을 뽑아 든 적각 무사인가 뭔가의 턱을 빡! 나창미가 시원하게 돌려 차버렸다.

항복?

나창미가 턱을 갈겨 버리는 순간 협상도 뭣도 아닌 자리는 그 순간 끝이 나버렸다. 게다가 사신의 자질도 없는 무사를 보낸 것만 해도 의도는 명백했다. 미친 것도 아니고 적진에 와서 칼을 뽑아 든다? 그건 죽여도 할 말이 없을 등신 같은 짓거리였다.

하지만 실제로 놈은 칼을 뽑았다.

그리고 나창미가 뽑아 드는 순간 뛰어올라 턱을 갈겨 버렸다.

사신단?

먼저 손만 안 대면 되는 거다.

사신단이 돌아가고 며칠이 지나자 전운이 스멀스멀 피어오르기 시작했다. 병사들의 얼굴에도 짙은 긴장이 서리기 시작한 건 당연한 일이었다.

물론, 석영이라고 다르지 않았다.

악시온 제국군은 진지를 설치하고 병력을 넓게 포진시켰다. 그러곤 몇백 명씩 군을 묶은 부대를 운용했다.

선불리 들어오지 않겠다는 판단 같았다.

"급할 게 없다는 거지."

병력을 움직이는 모양새를 본 오렌 공작의 한마디였다. 그는 전체 총지휘를 맡았기 때문에 요새 여기저기를 항상 옮겨

다니고 있었다.

"그냥 나가서 칼춤 추고 오는 건 안 되겠지?"

요새 성벽에 걸터앉아 있던 나창미의 말에 오렌 공작은 고개를 절레절레 저었다. 요새는 완벽하게 방어를 위해서 지어졌다. 그 말은 곧 공격 지원이 가능한 무기 자체도 설치되어있지 않다는 뜻이었다. 즉, 지원이 불가능하다.

언제고 전투 지원이 안 되는 전투는 당연히 가장 피해야 할 전투 중에 하나였다. 그리고 가장 중요한 건, 나갈 이유가 없었다.

수성전의 기본은 당연히 특수한 상황을 제외하곤 오는 적을 막는 전투만 하는 게 기본이었다. 그래서 쳇, 하고 혀를 찬 나창미는 다시금 전방으로 시선을 돌렸다.

"안은 어떻습니까?"

"주민들 말인가?"

"네."

"불안해하고 있지만 그래도 겁을 집어먹은 정도는 아니네. 막연한 두려움, 딱 그 정도야."

"다행이네요."

유사시에 리안 성의 주민들은 당연히 지원을 해줘야 한다. 당연히 전투 지원은 아니고, 물자를 나르는 정도의 지원이다. 이것도 딱딱 맞으려면 사전에 연습을 해야 함은 당연했고, 당연한 만큼 훈련은 철저하게 되어 있었다.

그리고 불안은 그간의 훈련 성과를 발휘할 순간에 크게 방해가 될 요소 중에 하나였다. 군중심리란 게 무섭다.

마치 전염처럼 퍼져 순식간에 감정을 잡아먹어 버린다.

"저격수의 존재가 있으니 그들도 마음을 놓을 수 있는 게지. 다 자네 덕분이야."

오렌 공작의 말에 석영은 고개를 슬그머니 돌렸다. 이런 종류의 칭찬은 여전히 적응이 안 되는 석영이었다.

"공세는 언제쯤 시작될 거라 보나요?"

다행히 한지원의 질문이 화재를 다른 곳으로 돌렸다.

"주변 지형에 대한 파악이 끝나는 순간일 걸세."

"흠, 그럼 적 지휘관이 머리가 나쁘진 않다는 뜻이네요?"

"하루키는 유명한 초인일세."

"아, 그 머리 좀 쓴다는?"

"그렇네. 알스테르담 제국의 진군 저지자, 발라롯사의 점령자, 그리고 악시온의 귀산자는 유명한 전략가 초인이지."

피식.

네이밍 센스 하고는…….

나창미의 비웃음이 바람을 타고 들려왔지만 오렌 공작은 그리 개의치 않았다. 오히려 석영을 보며 웃으며 그 말을 받았다.

"여기 저격수도 있지 않나? 하하!"

"그렇네요, 저격수. 아, 어쩜 이리 유치한 초인명일까요."

한지원이 그 말을 또 받아서 석영의 얼굴에 민망함이 가득 물들게 만들었다. 하지만 곧 다시 본론으로 돌아갔다.

"어쨌든 귀산자(鬼算自) 하루키. 이자는 다른 두 전략형 초인과는 다르게 큰 전술보다는 귀찮고, 야비한 전략을 쓰기로 유명한 자네."

"이름 따라 성격도 갈리는 건가……. 그래서 많이 위험한가요?"

"아마 파악이 끝나는 순간부터 정말 별의별 짓을 다 해올 걸세. 작게는 욕설과 같은 것부터 크겐 암살, 독을 이용한 식수 말리기 등등 사람을 귀찮고 피곤하게 할 전략을 끝없이 가해올 걸세."

"흐응……."

한지원은 그리 걱정하는 표정은 아니었다.

나창미는 오히려 웃고 있었다.

그래서 석영은 옆에 있던 문보라를 바라봤다.

"그 귀산자인가 뭔가가 쓸 계략들이 사실 저희 주특기 중 하나입니다."

"아아……."

눈에는 눈, 이에는 이라 이건가…….

한지원이 언제나 정공을 선호하는 건 절대로 아니었다. 그녀는 피와 화약 냄새로 가득했던 전장을 겪은 여인이다. 정공법? 전쟁은 절대로 정공법으로 벌어지지 않는다. 그녀가 살았던 세계에는 어린아이에게 폭탄을 매달아 돌격하게 하고, 여인의 은밀한 부위에 폭탄을 감아 보내는 비열하고 저열한 방법이 우습게 사용되는 곳이었다.

독을 푼다?

한지원이 작정하고 움직이면, 독만 충분히 있다면 아마 저들은 진정한 의미의 재앙과 맞닥뜨리게 될 것이다.

"전략가라……. 보라야."

"네."

한지원의 부름에 석영의 옆에 있던 문보라가 유령처럼 스르륵 움직여 그녀의 옆으로 가서 섰다.

"대령님은?"

"지금 병력을 꾸리고 있답니다. 그런데 한 가지 문제가 해결되기 전까진 병력 파병은 계속 딜레이될 걸로 보입니다."

"뭐지?"

"신입 훈련에 애먹고 있다고 합니다. 지금 상태로 보내면 그냥 개죽음당할 뿐이라고……."

"흐음……."

문보라의 답변에 한지원이 신중한 표정이 됐다.

이곳은 단순한 전쟁터가 아니었다. 옛날, 역사서나 위인전, 삼국지 같은 소설 속에서나 볼 법한 전장이었다. 적이 몇백도 아니고, 몇천도 아니고, 몇만도 아니다. 무려 10만이 넘어가는 대군이다. 유저라면 빌어먹을 시스템이 강제로 전해준 멘탈 보정의 효과로 공포를 집어먹지는 않겠지만, 그걸 빼고서라도 일단 위험도가 엄청나다.

한순간 정신을 놓는 순간 게임처럼 게임 오버! 메시지가 뜨고 도시 같은 곳에서 부활해 다시 게임을 즐길 수 있는 게 아니었다.

죽는 순간 끝, 정말 영원히 끝이다.

그러니 장세미 대령의 생각은 확실히 옳은 생각이었고, 석영은 그래서 그녀의 판단을 지지했다.

"시간은 얼마 없고… 병력 파병은 뒤로 밀린다라. 이거 처절한 전쟁이 되겠네."

한지원의 말을 들은 석영은 그녀가 이 상황을 안일하게 생각하고 있는 건 아니라는 걸 알 수 있었다.

"수도에서 지금 지원군을 준비 중이네. 이달 말쯤에는 아마 삼만에서 오만 정도의 병력이 더 충원될 걸세."

오렌 공작의 말에 한지원은 다시 고개를 끄덕였다. 하지만 잠시 뒤, 그녀답지 않게 조금은 부정적인 의견을 내놓았다.

"그것도 우리가 수성에 성공하고 있을 시에나 도움이 될 병력이죠. 방어선이 무너지면 이도저도 아니게 됩니다."

"그거야 그렇긴 하네만 이곳은 그리 쉽게 무너지지 않을 걸세."

"그 의견에는 동의합니다. 하지만… 한 치의 앞날도 볼 수 없는 게 전쟁입니다. 우리가 적군을 물려 버릴 수도, 반대로 적군이 우릴 단숨에 공략할 가능성은 항상 공존합니다."

"동감이네. 음… 하지만 지금 별 방법이 없잖은가. 이대로 버텨보는 수밖에."

"그러네요. 그게 정답이네요. 자, 복잡한 얘기는 여기서 끝. 놈들이 준비가 끝나기 전까지 우리도 최대한 준비하는 걸로 하고 움직이죠."

"알겠네."

오렌 공작이 대화를 끝내고 멀뚱히 서 있던 석영을 바라봤다. 그 눈빛에는 잘 부탁한다는 의미가 가득 담겨 있었다. 그래서 석영은 고개를 끄덕여 줬다. 어차피 석영도 최선을 다해야 했다. 동료들과 아영이를 위해서라도 말이다.

부우!

부우우……!

뱃고동 소리 흡사한 나팔 소리가 한 번 짧게, 그리고 다시 한번 길게 울려 퍼졌다. 하루에도 몇 번씩 저렇게 나팔을 불어대며 부대를 움직이고 있었다. 하지만 석영은 오늘은 저 나팔 소리가 이전과는 좀 다르게 들렸다.

'조급함, 긴장감, 공포.'

그리고 그것들과 섞여 있는 투기와 살기.

석영은 그러한 기세를 대번에 느꼈다. 범인이라면 느끼지 못하겠지만 석영은 이미 종의 진화를 이루고 있는 중이었다.

기이잉…….

석영이 긴장을 하자 여태껏 고요하던 눈동자 속 빛이 위아래로 흔들리더니 곧바로 깨어나 둥둥 돌아다니기 시작했다.

"이거 이거… 지원아, 슬슬 오겠는데?"

히죽 웃으면서 나창미가 한지원을 돌아보며 한 말에 그녀도 고개를 무겁게 끄덕였다. 이곳에 있는 네 사람은 전부 감각이 지나치게 좋은 사람들이었다. 급이 가장 떨어지는 문보라도 집중해서 느꼈는지 표정이 한없이 굳어져 가고 있었다.

"그러게. 저러한 투지를 내뿜기 시작했다는 건 마지막 연습이라는 거겠지. 곧 실전에 들어가야 하는 병사들의 불안, 공포, 그리고 살의. 후후, 오랜만이네 저런 기세를 내뿜는 인간을 적으로 삼은 건……."

물론 러시아와 한국에서도 용병들을 상대로 전투를 벌이긴 했지만, 이 정도로 본격적인 수준은 아니었다. 그리고 그곳에서는 일방적인 학살이었다. 그래서 지금과는 궤가 완전히 달랐다.

둥!

둥!

둥!

이번엔 나팔 소리와는 다른 타악기의 소리가 들렸다. 거리가 꽤나 먼데도 소리는 이상할 정도로 크고, 넓게 퍼졌다.

둥!

둥!

우와……!

"…얼씨구."

히죽.

나창미가 살벌한 웃음을 짓고는 팔뚝을 매만졌다.

짜릿짜릿한 기세가 십만이 넘는 대군이 내지르는 함성은 곧 워 크라이로 변해 리안 성 주변을 휩쓸기 시작했다. 석영은 군이 이러는 이유를 곧바로 알아차렸다.

워 크라이.

전투 함성이라 불리는 저런 고함은 아군에게는 통일감과 더불어 사기 상승을, 적에게는 그와 정반대로 공포를 심어주는 역할이었다.

"인사 대신인가 본데?"

"그래? 그럼 우리도 인사 좀 해줘야 하나?"

두 사람이 그렇게 서로 말을 주고받더니 석영을 바라봤다.

하지만 석영은 어깨를 으쓱했다. 이곳에서는 현재 적군의 형태도 제대로 파악되질 않고 있었다. 뭘 하고 싶어도 표적이 육안으로 들어오지 않는 상태라 할 수 있는 게 없었다. 석영의 유일한 약점이었다.

"아깝네."

"네가 못 하는 것도 있구나?"

석영의 행동에 둘은 놀리는 건지 뭔지 모를 말을 흘리곤 다시 전방을 주시했다.

쿠웅……!

쿠웅……!

또 다른 소리가 들려왔다.

그리고 이번 소리를 들은 나창미는 벌떡 일어났다. 한지원도 마찬가지로 일어나 장비를 점검했다.

"이놈들 보시게? 순간적으로 치고 오겠다… 이거지?"

그녀의 감은 예민하다.

그리고 그건 석영도 마찬가지였다.

석영은 세 번째 들려오는 이 타악기 소리는 이전과는 다르게, 아주 명백한 명령어를 담고 있음을 알았다.

그 증거는 육안으로는 보이지 않지만 감각에는 보이는, 불길처럼 치솟기 시작한 전의, 투기, 살의가 그 증거였다.

짜릿하다 못해 솜털까지 올올이 일어섰을 정도로 거대한

기세였다. 그걸 느끼고도 이후 무슨 일이 벌어질지 모른다면, 초인이란 명칭 따위는 당장 집어 던지는 게 나았다.

"문 소위."

"소위, 문보라."

"전투 준비."

"네! 전투 준비!"

문보라가 한지원의 지시에 곧바로 크게 외쳐서 병사들을 다독였다. 석영은 그런 병사들을 보다가, 다시 전방으로 시선을 돌렸다. 아직은 보이지 않았다, 아직은. 하지만 10분쯤 기다리자 마치 지평선 너머에서 올라오는 악의 군단처럼 새까만 복장의 악시온 제국군이 열을 맞추고 천천히 진군해 오는 게 시야에 잡히기 시작했다.

"귀산자……. 후후, 호흡을 빼앗아보시게?"

씩 웃는 한지원의 눈빛을 본 석영은 피식 웃고는, 타천 활을 꺼내 시위에 손가락을 걸었다. 그리고 아까 둘이 부탁했던 인사를 준비했다.

두드드득!

시위가 비명을 내지를 정도로 당긴 석영은 그대로 하늘로 각을 맞췄다.

'폭발, 비산.'

그러곤 두 개의 의지를 담았다.

기잉!

그러자 곧바로 눈동자 속을 부유하던 은백색 빛이 붉게 몸을 물들이더니, 홍채 주변을 맹렬히 회전하기 시작했다.

"자, 인사 간다."

씩 웃은 석영은 그대로, 시위에 걸고 있던 손가락을 놨다.

하늘 높이 솟구쳐 올라갔다 화살이 어느 순간 궤적이 수직으로 꺾였다. 그리고 꺾이는 순간 한 발이었던 화살이 실처럼 가느다랗게 쪼개지기 시작했다.

'뭐지?'

눈을 끔뻑이면서 떨어지는 아주 가는 화살을 지켜보던 악시온 제국군이 반사적으로 방패를 들어 올렸다. 하지만 그 반사적인 행동이 목숨을 지켜주지는 못했다.

콰과과광!

지면에 떨어지자마자 폭발, 그리고 더욱 잘게 쪼개져서 사방으로 비산했다.

"끄아악!"

그제야 비명이 터져 나왔다.

석영은 멀리서 아련하게 들려오는 그 비명에 저도 모르게 만족스러운 미소를 지었다. 강화된 안력은 순식간에 혼란이 덮친 모습을 아주 잘 보이게 만들어줬다.

"굿. 역시 인사는 저격수지."

나창미의 말에 석영은 피식 웃고는 본래 자신의 자리로 올라갔다. 석영이 있는 공간은 요새 성벽이 아닌, 그 뒤쪽에 있는 탑이었다. 원형의 돌탑은 삼 인 정도가 무리 없이 움직일 만한 공간이 있었고, 높은 곳에서 전장을 지원해 줄 저격수의 지정석이었다.

　"전 대원 사격 준비."

　석영이 탑으로 올라가자 한지원의 지시가 재차 떨어졌다. 요새 성벽에 총을 거치한 팀원들이 가늠좌를 조절했다.

　"아, 이 냄새… 미치겠네, 후후."

　바람결에 실려 온 피 냄새에 나창미가 흥분 가득한 말을 뱉어냈다. 석영은 그 말에는 공감하진 못하지만, 마찬가지로 피 냄새 때문에 몸이 천천히 달아오르고 있는 건 확실히 느끼고 있었다.

　석영의 사거리에는 들어왔지만, 아직 다른 궁병들의 사거리엔 들어오지 않아 한지원은 사격 명령을 내리지 않고 있었다. 석영의 인사로 인해 적진에 일어난 혼란이 서서히 가라앉고 있었다.

　'나름 정예병이라 이건가? 훗…….'

　역시 제대로 혼란을 주려면 지휘관을 사살하는 게 최고다. 석영은 예전에 내전 당시 치안 대원에게 받았던 마법 안경을 꺼내 장착했다. 그러자 시야가 쭉 당겨졌다. 지구의 망원경과 비슷한 용도지만 이건 더 정밀하고, 시야감이 좋았다. 석영은 한쪽에 거치되어 있는 화살 통들을 바라봤다.

원형의 화살 통이 총 열 개 정도가 줄줄이 매달려 있었고, 그 안에는 일반 화살보다 굵은 철시가 가득 담겨 있었다. 개수는 대략 통 당 30개씩이었다. 석영의 체력 안배를 위한 조치였다.

철시를 한 움큼 꺼내 옆에 내려놓은 석영은 시위에 두 발을 매긴 다음, 전진해 오는 악시온 제국군을 바라봤다.

"흠, 신중한데?"

적군의 전진은 의외로 느릿느릿 신중했다. 아마 주변에 산재한 트랩을 의식한 이동 같아 보였다.

성벽에 대기 중이던 한지원을 바라보니 그녀는 턱에 손을 괸 채로 생각에 잠겼다. 아마 지금 고민하고 있는 것 같았다. 준비한 선물을 인사로 안겨줄 것인가, 아니면 그냥 넘어갈 것인가. 일회성 선물이니 사실 지금 써야 하는 게 맞다. 이동 중에 혹시 선이라도 건드리면 선물은 그대로 무용지물이 될 테니 말이다.

두드드득!

석영은 일단 시위를 바짝 당겼다.

가장 선두에서 슬그머니 나온 놈들이 있었다. 수는 육칠십 정도. 선행 부대라고 하기엔 지나치게 초라한 숫자다.

'그렇다면 목적은 하나.'

화살 받이.

혹시 모를 트랩에 먼저 죽으라고 내보낸 게 분명했다.

그리고 그들은 악시온 제국군이 아닐 것이다. 아마 이전 왕국과의 전쟁에서 붙잡은 포로를 앞세우는 게 분명했다. 석영은 이러한 상황이 있을 수도 있다는 걸 한지원에게 충분히 들었다. 그녀가 전전했던 전장에서는 어린아이나 아녀자의 몸에 폭탄을 감아 테러를 지시하는 자들도 충분히 많았다.

그러니 포로로 보이는 이들이 살려달라고 애원해도 자신의 신호 없이는 절대로 손을 내밀지 말라고 했었다.

석영은 한지원의 분위기가 변하는 걸 느꼈다.

언제나 나른하고 고요하던 그녀의 분위기는 전투가 시작됨과 동시에 변한다. 진득한 살의가 섞인 파괴적인 기세다.

지금이 그랬다.

분노가 뒤섞인 살의가 천천히 한지원에게서 피어나고 있었다. 석영은 곧 신호가 떨어질 거라고 봤다.

아니나 다를까.

"전 대원, 저격 준비. 목표는 적 중간 지휘관이다. 명령 체계를 위해 반드시 일반 병사들과는 다른 복장을 하고 있을 테니 보이는 족족 사살하도록."

투슝……!

그 말이 떨어지기 무섭게 나창미가 방아쇠를 당겼다. 대물 저격총인 바렛 특유의 격발 소리가 공기를 그대로 찢어발겼다.

퍽…….

거리가 상당히 멀지만 목표에 적중하는 소리가 아련하게 들려왔다.

"오… 손맛 좋고."

추르릅.

혀로 입술을 한 번 핥은 나창미가 입가에 분명하게 비틀어진 미소를 그리고는, 다시금 적을 조준했다.

투슝!

뒤이어 문보라의 바렛이 불을 뿜었다.

공간을 가르고 날아간 총탄이 이번에도 어김없이 목표에 명중했는지 퍼걱! 하는 소리가 메아리처럼 들려왔다.

투슝! 투슝!

대기하고 있던 팀원들이 지휘관으로 보이는 자들을 찾았는지 몇 번의 저격이 더 이어졌다. 적도 그 이후는 지휘관을 노리는 걸 알았는지 곧바로 몸을 숨겼다.

"칫, 겁쟁이들이네."

더 이상 보이지 않자 나창미가 스코프에서 눈을 떼고는 입가에 담배를 물고 불을 지폈다.

치익.

"후우……."

석영도 당겨놨던 시위를 풀고는 담배를 꺼내 입에 물었다.

전쟁은 이제 시작이니 시작부터 무리할 필요는 없었다. 조심스러운 접근 때문에 아직도 거리는 상당했다. 생각을 바꿔 갑자기 달려온다고 하더라도 담배 하나 피울 시간은 충분했다. 벽에 기대 담배를 느긋하게 반쯤 피웠을 때였다.

"석영 씨!"

밑에서 들려오는 한지원의 부름에 석영이 상체를 세워 내려다보니 손가락으로 뒤를 휙휙 가리켰다. 그게 뭔 말인가 싶어 잠깐 고개를 갸웃했던 석영은 일단 시선을 돌렸다. 그러자 계단에서 막 올라와 석영을 올려다보고 있는 아영이 보였다.

"아이고……."

게다가 갑주까지 전부 갖춰 입고 왔다. 심지어 방패에 오거 액스, 건틀릿까지 전부 착용하고 있었다. 완벽한 전투 준비 태세를 갖춘 채 올라와 석영은 고개를 절레절레 저었다. 지금이야 상관없다.

아직 적이 멀리 있으니까.

그럼 전투가 시작되면?

석영은 절대로 아영이 이곳에 있도록 용납할 생각이 없었다.

그런 생각에 석영은 바로 벽을 짚고 몸을 아래로 날렸다.

쉬이익!

바람 소리와 함께 다시 성벽에 도착한 석영은 인상을 쓴 채 아영에게 다가갔다. 안 보였는데 따라오느라 힘들었는지 숨을 몰아쉬고 있는 휘린도 보였다.

"왜 왔어?"

"나도 싸울 거야."

"말도 안 되는 소리인 거 알지?"

"왜? 뭐가 말이 안 되는데? 어차피 오빠 잘못되면 나 혼자 쟤네한테 그냥 개돌할 건데?"

"야, 그럴 일 없어. 그러니까 돌아가 있어. 반드시 무사히 돌아갈 테니까."

"…진짜지?"

"그래, 너 여기 있으면 걱정되어서 오히려 나 제대로 못 싸운다."

"…알았어. 그래도 이쪽 계속 보고 있을 거야. 뭔가 이상하면 나 바로 달려올 거야."

"내 저격 실력 모르냐? 성벽에 닿는 놈들 대가리 모조리 뚫어줄 거니까 걱정 마라."

"…응."

아영은 그제야 좀 안심한 표정으로 변했다.

아마 불안할 것이다.

석영은 그런 아영의 마음을 잘 이해했다. 전쟁이라는 게 아무리 멘탈 보정을 받아도 불안함을 느낄 수밖에 없는 분위기였다. 석영도 미약한 불안감을 느끼고 있었다.

그런데 아영은 아이까지 있는 마당이다. 배 속에서 새 생명이 자라고 있는 산모이다 보니 불안감은 멘탈 보정이 받쳐주는 영역을 벗어나 버리고 말았다. 그리고 그런 아영이의 마음을 다들 이해하고 있었다.

사실 이게 처음이 아니었다. 벌써 몇 번이나 그랬는데, 하필이면 오늘은 전투 직전에 찾아온 것이다. 그리고 이전과 마찬가지로 석영의 설득에 아영은 다시 휘린과 함께 왔던 길을 되돌아 내려갔다. 하지만 그녀가 반쯤 내려갔을 때, 공기가 훅 변했다.

둥!

둥!

둥!

와아……!

진격의 신호라도 되는 건지 세 번의 북소리 이후 온 천지에 함성이 가득 울렸다. 석영이 놀라 뒤를 돌아보자 분위기가 일변한 악시온 제국군이 빠른 속도로 요새로 다가오는 게 보였다. 석영은 다시 아영을 돌아보고는 굳은 눈빛으로 고개를 끄덕였다. 그런 석영의 눈빛에 아영은 입술을 질끈 깨물고 재촉하는 휘린을 따라 요새를 벗어났다.

그녀가 떠나는 모습을 잠시 지켜보던 석영은 얼른 다시 탑으로 올라갔다.

그러곤 이미 꺼진 담배를 힐끔 보다가 다시 새 담배를 입에 꺼내 물었다. 여태껏 그러지 않았는데 오늘은 아영이 왔다 가서 그런지 좀 긴장이 됐다.

치익.

"후우……."

두드드득!

아까 한 번 걸렸지만 임무를 완수하지 못한 철시 두 개를 다시 시위에 걸어 당겼다. 매캐한 연기가 눈으로 들어갔다. 마치 닳고 닳은 병사처럼 인상을 찡그린 석영은 가장 앞에서 일그러진 표정으로 달려들고 있는 적 병사 둘을 노리고 시위를 놨다.

투웅!

쇄애애액!

위에서 아래로 꽂히듯이 날아간 화살이 정확하게 가장 선두에 있던 병사 둘의 이마를 뚫어버렸다.

그런 병사들이 쓰러지기 무섭게 요새에 대기 중이던 궁병들이 한지원의 신호에 맞춰 첫 번째 사격을 가했다.

슈슈슈슈슉!

허공을 수놓는 수백 개의 화살.

그 모습은 일대 장관이었다.

중국 무협 영화에서나 보던 모습을 실제로 보니 입이 떡 벌어질 정도였다. 하지만 화살이 바닥에 꽂힐 때는 그렇게 아름답지 않았다.

파파팍!

푹! 푸북!

적병의 방패에 박히는 화살, 운도 없게 땅 바닥에 박히는 화살, 그리고 적병의 몸뚱이에 박히면서 나는 소리와 함께 이어지는 고통에 가득 찬 비명 소리까지……. 석영은 그 소리를 듣고 나서야 진짜 전쟁이구나, 실감이 아주 제대로 났다.

"이진 사격! 삼진 사격!"

3진까지 짜놓은 궁병들이 이어서 사격을 시작했다.

"달려! 달라붙어서 사다리를 건다! 방패병은 사다리병 엄호!"

그리고 이제는 적 지휘관의 목소리가 어렴풋이 들려왔다. 석영은 곧바로 시위를 당겼다. 그러곤 소리친 지휘관을 찾았다.

빨간 술을 단 지휘관이 보병들 틈에서 병사들을 독려하는 모습이 제대로 잡혔다.

두드드득!

투웅!

쇄애애액!

일련의 소리가 들리기까지 채 2초가 지나지 않았다. 처음의 저격과 마찬가지로 꽂히듯이 날아간 화살이 정확히 내꽂히는 다른 화살 비 틈을 관통해 지휘관의 목을 뚫었다. 그러고도 관통력이 죽지 않았는지 아예 뚫고 나가 뒤에 있던 병사의 허벅지에 꽂혔다.

"끄륵, 끄르륵……."

목을 부여잡고 끄륵끄륵거리는 모습이 보였다. 한 생명이 스러지는 그 모습에 석영은 눈매를 잠시 꿈틀거렸다가 다시 냉정하게 시위에 화살을 걸었다.

게임 속 캐릭터가 아니다. 저들도 엄연히 다른 차원의 인간이었다. 하지만 지금은 전쟁 통. 죽이지 않으면 죽는, 그런 최악의 전쟁터였다.

석영은 이 전쟁의 승리자가 될 생각이었다.

'누가 그랬지. 끝까지 살아남는 자가 승자라고…….'

석영은 딱 그 문구에 어울리는 승자가 될 생각이었다.

그리고 그걸 가로막는 모든 것을 뜯고, 찢어버릴 각오를 이미 한참 전에 마쳤다.

쿠웅!

그그극!

악착같이 화살을 쏴댔지만 결국 사다리가 성벽에 걸렸고, 끝에 매달려 있던 갈고리가 성벽으로 단단하게 파고들었다.

첫 전투부터 백병전이 시작되려 하고 있었다.

사다리 두 개가 요새에 걸리는 순간 나창미가 총기를 뒤로 빼고는 이를 뿌득 갈며 소리쳤다.

"시작부터 백병전이냐!"

말은 그렇게 하지만 오히려 얼굴은 웃고 있었다. 숨길 수 없는 희열이 자리 잡은, 딱 그런 미소였다. 그러나 석영은 그녀의 바람대로 전투가 흘러가게 내버려 두고 싶은 마음이 조금도 없었다.

두드드득!

시위에 걸린 화살 세 발에 새까만 기운이 서리기 시작했다. 그 기운은 마치 뱀처럼 철시를 타고 돌며 불길한 기운을 사방으로 내뿜었다. 감각이 예민한 병사들과 한지원의 팀이 석영을 흘끔 봤다.

석영이 고갯짓으로 비키라고 한지원은 바로 눈치를 챘다.

"사다리에서 떨어져!"

대답은 없었다.

대신 곧바로 사방으로 흩어졌다.

사다리 라인이 휑하니 보이자, 석영은 시위를 놨다.

투둥!

탁한 소리와 함께 철시 세 발이 석영의 의지를 담고 그대로 내리꽂혔다. 철시는 악시온 제국군을 노리지 않았다. 석영이 노린 건 사다리의 다리 부분이었다.

콰과과꽉!

콰자작!

철시가 거의 수직으로 내리꽂히며 다리 부분을 그대로 박살 내며 지났고, 막 올라오려고 다리를 올려놓고 있던 악시온 제국군 병사들의 머리통을 꿰뚫고 땅바닥에 박혔다. 사다리는 석영의 공격 한 방으로 그 기능을 그대로 상실해 버렸다.

멍한 표정으로 악시온 제국군이 성벽 위를 올려다봤고, 성벽에서 대기 중이던 아군 병사들도 석영을 멍하니 올려다봤다.

"와우⋯⋯."

그리고 그 틈에서 한지원의 나직한 감탄이 석영의 귓가로 흘러들어 왔다. 석영은 그런 시선에 그냥 어깨만 으쓱했다. 이제는 다시 여유가 생긴 탓에 나온 행동이었다. 반대로 사다리가 무용지물이 되자 악시온 제국군은 성벽 아래에서 마치 방향을 잃은 개미 떼처럼 우왕좌왕했다. 한지원은 그런 병사들의 머리 위로 2차 공격을 지시하지 않았다. 새까맣게 몰려 있는 건 좋지만 굳이 공격할 필요를 못 느끼는 것 같았다.

부우⋯⋯!

그때 적의 본진에서 거대한 나팔 소리가 울렸다. 그 소리가 들리기 무섭게 악시온 제국군은 천천히 뒷걸음질로 물러나기 시작했다.

"오호⋯⋯? 꽤나 전장 상황 파악이 빠르네?"

한지원은 턱을 괴곤 씩 웃었다.

그 웃음은 상대방 지휘관에게 보내는 칭찬에 가까운 웃음이었다. 제대로 한번 붙어보려고 했지만 석영 때문에 전투는 단숨에 소강상태에 들어갔다. 아니, 그들로서는 사다리가 부서지는 순간 뭘 할 수 있는 게 없었다.

성벽 위에 올라야 칼이라도 좀 휘두를 텐데, 올라설 수 있는 방법이 없으니 그냥 방패를 들고 서성거리는 것밖에 할 수 있는 게 없던 탓이었다. 그리고 그걸 파악하곤 병력을 바로 물렸다.

석영은 조금 쓴 미소를 지었다.

"책사형 초인⋯ 귀산자. 초인은 초인이라 이건가? 이거 골치 아프겠는데."

모름지기 지휘관이 멍청한 전투가 가장 쉬운 법이다. 반대로 오합지졸이라도 지휘관 능력이 출중하면 애를 먹을 수밖에 없었다. 그건 수많은 고사와 역사가 이미 증명한 사실이었다.

악시온 제국군과의 거리가 좀 떨어졌을 때였다.

"선물 준비했는데… 그냥 가면 섭섭하잖아?"

석영이 있는 곳으로 훌쩍 뛰어올라 온 한지원이 씩 웃으며 입술을 말아 '삐익!' 하고 신호를 보냈다. 그 소리에 석영은 피식 웃곤 담배를 꺼내 불을 붙였다.

치익…….

마치 그 소리가 도화선이 된 것처럼 물러나던 악시온 제국군 중심의 공기가 순간 일렁거렸다.

콰응……!

쾅! 콰과광!

첫 번째는 지면이 폭발함과 동시에 거대한 화염이 솟구쳤다. 그다음은 포위하듯 사방에서 클레어모어가 터지면서 후퇴 중이던 병사들을 덮쳤다.

효과는 아주 죽여줬다.

너무나 잔인하지만 폭발에 찢겨 버린 팔다리가 날아가는 게 석영의 시선에 잡혔다. 그에 석영은 잠시 눈매를 꿈틀거렸지만, 곧 다시 평정을 되찾았다.

'전쟁이니까…….'

그리고 한두 번 겪어본 것도 아니니까.

이전에 겪었던 전투의 스케일이 그냥 커진 것에 불과했다. 석영은 그렇게 생각하기로 했다.

"휘유, 화려하네."

"후후, 모름지기 첫인사가 인상을 결정짓잖아? 제대로 각인을 시켜줘야지."

피식.

몇몇 단어가 빠져 있는 말이긴 했지만 알아듣는 데 무리는 없었다. 석영은 악을 쓰는 악시온 제국군을 한지원의 무심한 눈빛과는 조금 다른 눈빛으로 바라봤다. 물론 그렇다고 연민이나 슬픔이 깃든 눈빛은 절대로 아니었다.

그냥, 조금 다른 감정이 담긴 눈빛일 뿐이었다.

끄아아……!

아악! 아아악!

비명이 바람결에 실려 들려왔다.

"후우… 이걸 앞으로 물리게 봐야 된다는 거지?"

무심결에 흘린 그 말에 한지원은 석영을 흘끔 봤다가 다시 시선을 앞으로 돌리곤 주머니에서 담배를 꺼내 입에 물었다.

치익.

"후우… 그래야 할걸. 살려면 어쩔 수 없지. 다만… 이게 석영 씨 말대로 메인 퀘스트라면 무사히 전쟁을 끝냈을 시의 보상도 만만치 않을 거야."

"그렇겠지."

첫 번째 메인 퀘스트였던 내전을 마무리했을 때는 무려 소환 반지를 보상으로 줬다. 동비율의 시간대를 가진 두 세계를 오갈 수 있게 해주는 반지다. 처음에는 확실히 잘 몰랐지만 석영은 이제 그 반지의 가치를 알 것 같았다.

'특히 위급한 순간에 소환은 그대로 생존으로 직결되겠지.'

그 정도 가치를 가진 아이템이 또 나온다면?

석영은 솔직히 어느 정도 기대는 하고 있었다. 하지만 보상을 받을 때까지 무척 험난할 게 분명했기 때문에 한숨도 같이 나왔다.

C4와 클레어모어가 터지면서 쑥대밭이 된 곳에서 살아남은 악시온 제국군은 거의 다 물러갔다. 물론 시체와 시체가 쥐고 있던 병장기는 여기저기 돌아다니고 있었다. 석영은 그 모습을 보며 무슨 역사의 한가운데 들어와 있는 기분이 들었다.

흑백 무성영화를 보는 기분도 들었다.

현실감이 그다지 느껴지지 않는, 딱 그런 기분 말이다.

삐이익!

한지원이 다시 입술을 말아 시선을 집중시켰다.

"우리 저격수 씨가 전투를 할 기회도 안 줬지만, 그래도 잘들 싸웠다. 특히 긴장하지 않는 모습, 아주 좋아. 이대로 전투를 마무리하고 병장기 수거하러 갈 인원과 경계병을 제외하곤 휴식에 들어간다. 이상."

와아!

우와아!

한지원의 말이 떨어지기 무섭게 거대한 승리의 함성이 요새 성벽 위를 가득 메웠다. 그리고 다른 요새에서도 함성이 들려왔다. 딱 보니 그쪽에서도 잠시간 전투가 벌어진 게 분명했다. 승리의 함성이 잦아들 때쯤 석영은 탑 위에서 내려왔다. 석영이 내려오자 분주하게 움직이던 병사들이 석영을 경외에 찬 눈빛으로 바라봤다.

석영은 그런 눈빛이 익숙지 않아 얼른 요새 아래로 내려갔다. 그러곤 바로 숙소로 돌아갔다. 석영의 숙소는 천막에 가깝지만 그래도 안은 게르(Ger)의 구조와 비슷해 훈훈했다. 타닥타닥 타는 모닥불을 잠시 바라보던 석영은 갑주를 벗어 손질을 하고는 한쪽에 걸어뒀다.

대충 정리를 끝내고 한쪽에 놓은 의자에 앉아 마치 지구의 냉장고와도 비슷한 네모난 통에서 물을 꺼낸 석영은 '후우……' 한숨을 크게 내쉬었다. 긴장한 건 아니었다. 이런 경험이야 적지 않은 석영이다 보니 분명 긴장한 건 아닌데, 뭔가 이전과는 느낌이 달랐다.

석영은 그게 아마 아영이 때문이 아닌가 싶었다.

식은 올리지 않았지만 이제 거의 모든 사람이 둘을 부부라 봤다. 그래서 둘은 신혼이어야 하지만 웃기게도 신혼여행을 다른 차원에서 전쟁을 치르며 보내고 있었다.

피식.

그런 생각을 하자 괜히 실소가 흘러나왔다.

물을 시원하게 마신 석영은 담배를 하나 꺼내 입에 물었다. 하지만 불을 붙이지는 못했다. 다가오는 인기척 때문이었다. 발소리와 단단한 기세가 직선으로 자신의 숙소로 다가옴을 느끼곤 담배를 다시 내려놨다. 이윽고 다가온 인기척의 주인이 입구 앞에 도착해 석영을 불렀다.

"안에 있나?"

"네, 들어오십시오."

"그럼 잠시 실례하겠네."

휘릭.

두꺼운 천을 걷고 안으로 들어온 리안 방어부대의 총사령관, 오렌 공작은 석영이 앞자리에 앉았다. 그의 얼굴에는 몇 줄의 생채기가 그려져 있었다. 아마 그가 지키던 1번 요새에서는 전투가 제대로 벌어졌던 것 같았다.

"자네 활약은 들었네, 정말 고생했네, 하하."

"아닙니다. 그쪽은 치열했습니까?"

"좀 그랬다네. 사다리를 빨리 제거하지 못해 성벽 위에서 백병전이 벌어지고 말았지."

"흠……."

석영 쪽이야 백병전이 벌어지면 쓸데없는 피해가 발생할 것 같아 사다리를 그냥 박살 냈지만, 다른 쪽은 또 아니었나 보다. 애초에 다른 쪽은 그 정도 무력을 보유하지도 못했다. 아니, 더 정확하게 설명하자면 전투력은 세 군데 방어 요새 전부가 비슷비슷했다. 하지만 강력한 단일 무력의 부재가 있었다.

'이쪽에 나랑 지원 씨가 전부 있으니……'

초인의 목도 따 오는 한지원과 석영이 둘 다 여기에 있는 바람에 밸런스가 무너졌다. 하지만 이 부분도 어쩔 수 없었다. 차샤에게는 미안하지만 석영은 이쪽과 호흡이 훨씬 더 잘 맞았다. 그리고 최강자 둘이 이곳에 있으니 다른 쪽에는 정예 병력을 좀 더 투입했다. 예를 들면 이쪽이 3, 다른 두 곳이 4씩 들어갔다.

그렇게 밸런스를 맞춘 줄 알았는데, 역시나 아니었다.

석영이 그에 대한 말을 하려 하는 순간 익숙한 인기척이 또 느껴졌다. 그리고 그 인기척은 중간에 다른 인기척과 합류해 곧바로 석영의 숙소로 다가왔다.

"나야. 안에 있지?"

"어. 들어와."

천막을 걷고 안으로 들어선 이는 역시 노엘과 한지원이었다. 한지원은 옷을 갈아입어 깔끔했지만 노엘은 군데군데 피가 묻어 있었다. 석영은 그걸 보며 발키리, 레이첼 용병단이 지키는 쪽도 전투가 있었다는 걸 바로 알 수 있었다. 들어온 두 사람이 자리에 앉자, 잠시 침묵이 감돌았다.

침묵의 이유는 아마도 대조적인 복장 상태 탓일 거다. 노엘의 엉클어진 의복과 머리 상태를 보며 꽤나 격렬하게 치고받았다는 것도 유추가 가능했다.

"흠… 이거 문제가 좀 있군."

"그러게요. 각 방어군 밸런스는 최대한 맞춘 줄 알았는데, 그것도 아니었나 보네요."

오렌 공작과 한지원의 시선이 석영에게 힐끔 향했다. 석영은 그냥 말을 아꼈다. 어차피 지금 머릿속에 마땅한 대답도 없었다.

"그렇다고 석영 씨를 다른 쪽으로 배치하면, 또 원래 있던 곳의 전투력이 하락하는 결과를 가져올 뿐입니다."

노엘의 입에서 나온 말에 거의 모두가 동시에 고개를 끄덕였다. 노엘의 말이 확실히 맞았다. 석영의 저격은 시야에만 잡힌다면 절대로 빗나가는 일이 없었다. 천사였지만 악마로 타락했다는 루시퍼의 기운이 담겨 있는 화살이라, 살아남는다 해도 석영의 앞에서는 기도 못 편다. 석영에 대한 공포감이 본능에 심어지기 때문이다.

먼치킨도 이런 먼치킨이 없다.

그런 석영이니, 어느 쪽으로 배치를 받아도 결국은 똑같은 상황이 일어날 뿐이었다. 결국 쳇바퀴처럼 똑같은 상황만 연출되니, 이것 나름 골치 아픈 상황이었다.

또 그렇다고 대책 논의를 안 할 수도 없었다.

지금만 해도 벌써 석영이 있는 곳 빼고는 전부 전투가 벌어졌다. 귀산자가 퇴각 신호를 보내지 않았다면 아마 진짜 피 튀기는 전투가 벌어졌을 것이다. 물론 수성의 유리함에, 첫 번째 전투에서 다른 요새 두 곳이 무너지지는 않겠지만 피해는 고스란히 누적된다. 그리고 그 피해는 결국 사기의 하락을 불러올 것이다.

게다가 저격수의 부재로 인해 병사들에게 공포, 불안과 함께 불만이 일어날 수도 있었다. 여기 있는 네 사람은 굳이 말하진 않았지만, 그러한 사실을 전부 알고 있었다.

"난감한 상황이군."

오렌 공작의 말에 이번에도 동조하듯 다들 고개를 끄덕였다. 시작부터 삐걱거리는 다리는 언제고 무너진다. 그러니 애초에 삐걱거림을 알았던 그 순간에 개량 보수를 해야만 최악의 사태를 면할 수 있다.

지금이 딱 그런 상황이었다. 아주 짧은 전투로 인해 문제점이 곧바로 드러났으니 말이다.

잠시 고민하던 노엘이 결정한 듯 입을 열었다.

"이건 고민하지 않는 게 좋겠습니다. 대체 방안이 없어요. 가장 합이 잘 맞는 지원 씨와 석영 씨를 떨어뜨려 놓는 건 전력 손실을 불러올 뿐입니다. 차라리 그럴 바엔 병력의 공백만 이쪽으로 모아주는 게 낫습니다."

"흠… 그런가. 일단 마르스 후작과 잠깐 얘기를 하고 왔지만 그도 비슷한 의견을 내놓았네."

"그렇습니까. 참, 북부 병단의 피해는 어떻습니까?"

"우르크 왕국과 오랫동안 부딪혔던 정예 병단일세. 피해는 거의 없다고 봐도 되네."

"다행입니다. 저희 쪽도 마찬가지입니다. 요즘 욕구 불만의 두 사람이 미쳐 날뛰는 덕분에 말이죠."

묘하게 자조적인 노엘의 말에 세 사람은 그냥 피식 웃었다. 욕구 불만의 그녀 둘이 누구인지 잘 알고, 어떻게 날뛰었을지도 선명하게 그려졌기 때문이다.

"참, 오늘 밤 아마 어느 쪽으로든 귀산자의 움직임이 있을 거라 예상됩니다."

"흠……."

귀산자.

석영은 사실 잘 와닿지 않았다.

책사형 초인이라고는 하는데, 그게 어느 정도인지 파악이 안 됐다. 이유는 유성의 날 이후 전투에 몸을 담갔지만 전부 근접형 몬스터나 적만 상대했기 때문이었다.

"어떻게 올지 감이 안 잡히는데……."

석영이 인상을 찌푸린 채 솔직하게 말을 하자, 시선이 이번엔 석영에게 몰렸다. 그래서 석영은 더 솔직하게 생각을 오픈했다.

"눈에 보이는 거라면 어렵지 않은데, 안 보이는 종류라면 난 좀 젬병이거든."

"흠… 그럴 수 있지. 우리야 이런 일은 정말 지겹도록 겪어봐서 익숙하거든. 반대로 우리 전문이기도 하고."

"보통 어떤 종류야?"

"우리가 뛰었던 현대전과는 달라서 확실히 단정 짓지는 못하겠는데… 아마, 오늘 밤은 첩자부터 넘어올걸."

"첩자?"

"응, 내부 지도를 확인해야 하거든. 그래야 식수의 위치, 보급 물자의 이동로, 보급 창고의 위치 등등을 알아야 귀산자인가 뭔가 하는 그놈이 전략을 짤 수 있을 테니까."

첩자라…….

석영은 그냥 쓴웃음을 짓고 말았다.

어차피 이런 종류는 자신이 대처하기 힘든 종류였다. 그리고 그걸 한지원도 잘 알고 있었다.

"걱정 마. 그쪽은 우리가 맡을 테니까. 어차피 우리랑 동류인 놈들이라……. 언제, 어느 타이밍에 넘어올지 정도는 다 꿰고 있거든."

한지원의 말에 석영은 고개를 끄덕였다.

그래준다면 석영은 온전히 전투에 집중할 수 있다. 그러니 한지원의 말은 석영으로서는 감사할 따름이다. 석영의 얼굴이 다시 펴지자 한지원과 노엘은 물론 오렌 공작까지 피식 실소를 흘렸다.

"자네도 그런 표정을 지을 줄을 아는구먼. 요즘 보면 처음보다는 확실히 달라졌어. 가정이 생겨서 그런겐가? 하하."

"그건 저도 그렇게 느껴요. 처음에 석영 씨를 봤을 때는 진짜… 날이 장난 아니게 서 있었거든요."

"그랬나? 지원 팀장은 어땠나?"

오렌 공작이 노엘의 말을 받아 다시 한지원에게 돌리자, 그녀는 석영을 힐끔 보고는 담배를 하나 꺼내 입에 물었다.

치익.

"후우……. 똑같았죠, 뭐. 아마 여기서 석영 씨는 제가 제일 먼저 봤을 거예요. 그땐 진짜 뭐 이런 경계심 강한 남자가 다 있나 했거든요. 아시죠? 저희 둘 일 년을 넘게 같이 움직였지만 이제야 말 편하게 하는 거."

"하하하."

한지원이 고개를 절레절레 저으며 그리 대답하자 오렌 공작이 너털웃음을 터뜨렸다. 석영은 갑자기 대화 주제가 자신에게 향하자 그냥 쓴웃음을 지었다. 그런데 틀린 말이 아니라 뭐라고 반박할 수도 없었다.

확실히 예전의 자신은 그랬다.

그리고 솔직히 예전의 자신을 유지하고 싶었다. 하지만 이제는 변해야 할 때라는 걸 스스로 느끼고 있었다. 일단 마음에 담긴 사람들이 지구도 아닌 이곳 휘드리아젤 대륙에 너무나 많이 생겼다.

차샤, 노엘, 아리스, 휘린, 송까지. 오렌 공작도 그랬다. 이렇게 가슴에 담겨 석영은 퀘스트 진행이라는 자기 합리화로 대륙 종말 전쟁이라는 무시무시한 이름의 퀘스트에 발을 담갔다. 그것도 온전히 자기 의지로 말이다.

"자자, 다시 본론으로 들어가서, 일단 부대간 밸런스는 아까 말한 대로 하기로 하고, 오늘부터 시작될 첩자들은 지원팀장이 맡아주고, 우리는 그럼 경계병을 운용하겠소."

"음… 네, 그 정도면 될 것 같네요."

한지원이 오렌 공작의 말을 받자 노엘도 고개를 끄덕였다. 석영도 당연히 같이 고개를 끄덕였다.

"우리 저격수는 최후의 보루이기도 하니 최대한 전력을 보존해 줬으면 하네."

"말이 전력 보존이지, 그냥 쉬라는 얘기야."

두 사람의 말에 석영은 고개를 끄덕였다.

초인의 힘은 일개 개인이라 할지라도, 군단급 이상의 능력을 보일 때가 있다. 솔직히 석영이 작정한다면 한 10분 동안은 요새 성벽으로 아예 접근조차 할 수 없게 만들 수도 있었다. 말이 10분이지, 실제로 전투 중에 10분은 대단히 긴 시간이었다. 성벽 위로 적이 올라와 근접전이 벌어졌다고 쳤을 때의 10분이면, 아군 수백을 넘게 살리고도 남는다.

물론 그게 전부가 아니었다. 10분간 보여줄 석영의 광범위 타격은 적의 사기를 아예 갈가리 찢어발길 수도 있었다. 수백 수천의 병력이 성벽으로 다가오는 것조차 불허하는 초인의 무력을 보고도 사기가 안 떨어진다면 그들은 무조건 감정이 거세된 괴물일 것이다.

그러니 최후에, 최후를 위해 오렌 공작은 석영이 경계부터 모두 빼고, 전투가 일어날 때까지 무조건 휴식을 취해주길 원했고, 석영도 이제는 자신의 위치를 아니 고개를 끄덕였다.

"그럼 회의는 대충 여기서 마무리하는 게 좋겠네."

"네."

오렌 공작의 말을 한지원이 받고, 석영은 그냥 이번에도 고개만 끄덕였다. 노엘과 오렌 공작은 바로 석영의 숙로를 벗어났다.

"오늘 전투 어땠어?"

한지원의 질문에 석영은 낮의 전투를 잠시 생각해 봤다. 사실 크게 별다를 것 없는 전투였다. 다가오는 적을 죽였을 뿐이고, 사다리를 박살 냈고, 지휘관 몇을 잡았다. 그런데 이런 전투는 이미 몇 번 경험이 있는 석영이었다.

"그냥 크게 다를 건 없었어."

"후후, 그렇겠지. 그래도 긴장은 풀지 마. 오늘 병력 움직인 거 보니까 대충 천쯤 되겠더라."

"천……."

솔직히 말해 결코 적은 수는 아니었다. 하지만 그렇다고 악시온 제국군의 정예도 아니었다. 아직 악시온 제국이 자랑하는 정예병단은 저 멀리 떨어져 있는 본진에서 모습조차 보이지 않고 있었다.

모두가 말은 안 했지만, 그 정예병단이 모습을 드러낼 때가 이번 전쟁의 진정한 시작이란 걸 알고 있었다.

"일만 정도부터 아마 느낌이 확 달라질 거야. 나도 이 정도 규모의 전쟁은 경험이 없어서 뭐라고 확실하게 얘기해 주진 못하겠지만……."

"내가 괜히 끌어들인 건가?"

"무슨 섭섭한 소리를? 이번 전쟁 퀘스트라면서? 널 도와서 클리어만 하면 엄청난 보상이 떨어질 게 분명하잖아. 그리고 그 자체가 우리나 너나, 아영이의 생존 확률을 확 올려주겠지. 그런 기회를 너 혼자만 독차지했다면 아마 섭섭했을 거야."

"그런가."

"응, 그런 거야. 우리는 옛날에도 그랬지만 지금도 그래. 전장에서 살아남기 위해서라면 무슨 짓이든 할 수 있어. 설사 다리를 벌리더라도 말이지. 우린 그렇게 배웠어. 기회가 있으면 반드시 잡고, 그 기회를 얻기 위해서는 무슨 짓이든 해라."

"음……."

아픈 말이었다.

솔직히 말해 정상적인 발언이라고는 절대로 생각할 수 없었다. 하지만 이들의 과거를 알고 나니 그럴 수밖에 없었나… 하고 수긍하게 됐다.

치익.

후우…….

"우리 걱정은 마. 이 모든 건 우리의 선택이니까. 석영 씨는 반드시 살아남을 각오나 해둬. 아영이와 함께. 아마 이후부터는 조금씩 점점 더 만만치 않아질 테니까."

"오늘은 간보기였겠지."

"그래. 빠르면 내일, 늦어도 이삼 일 뒤부터는 병력을 반드시 움직여 올 거야. 그때부터 조금씩 누적되겠지."

"……."

석영은 고개를 끄덕였다.

그녀의 이런 점이 석영은 참 든든했다.

단순히 전투 능력만 대단한 게 아니라, 이렇게 정신적으로 조언을 해줄 때도 많았다. 그래서 정말 타고난 지휘관이라고 석영은 생각했다.

'그런 한지원을 수하로 둔 장세미 대령은……'

과연 얼마나 대단할까?

그녀가 부대를 움직이는 걸 본 건 러시아 작전 초기 때가 전부였다. 전투는 다 합쳐서 몇 번 되지도 않았다. 그래서 석영은 아직 그녀의 진면목을 제대로 못 본 상태였다. 궁금증이 일어났지만 석영은 그냥 현실에 집중하기로 했다.

"석영 씨가 할 일은 정신을 단단히 붙잡아주는 것, 그리고 체력 분배를 해줄 것. 절대 무리하지 마. 나머지는 내가 다 알아서 해줄 테니까. 알았지?"

"그래. 믿는다."

"…오, 석영 씨 입에서 그런 말을 듣고, 오래 살고볼 일이네, 역시?"

"그 정도는 아니거든."

"후후, 그 정도 맞거든. 어쨌든 나를 믿어, 당신의 무력을 믿고."

"……"

고개를 끄덕여 답을 하자 한지원은 씩 웃고는 재만 간당간당하게 붙어 있는 꽁초를 재떨이에 비벼 끄고는 자리에서 일어났다.

"그럼 나는 그만 갈게. 맞다. 이따 아영이한테 가볼 생각인데, 같이 갈까?"

"나는 자기 전에 다녀올게."

"그래, 그럼."

한지원이 나가자 석영은 여러 사람의 온기가 머물러 있는 숙소 안을 잠시 바라보다가 밖으로 나갔다. 밖은 저녁 준비로 한창이었다. 고소한 냄새가 가득 풍기는 곳으로 시선을 돌려보니 웬걸? 휘린과 아영이 같이 저녁을 준비하고 있었다. 바로 그곳으로 다가가니 석영을 본 아영이 활짝 웃었다.

그러곤 바로 찌릿, 눈치를 줬다.

"암 말도 하지 마. 나 이렇게라도 도울 거니까."

피식.

석영은 그냥 두 손을 슬쩍 들었다. 항복의 표시였다. 그리고 산모 때 적당한 운동은 태아에게도 좋은 영향을 미친다는 얘기를 어딘 가서 주워들은 것 같기도 했다. 군대의 야전 취사와 비슷한 환경이라 얼굴에 검은 그을음을 여기저기 묻힌 아영을 보니 뭔가 신선한 기분이 들었다. 도와줄까 하다가, 오렌 공작과 한지원의 말이 떠올라 그냥 한쪽에서 가만히 지켜봤다. 1시간쯤 걸려 식사 준비가 끝났다. 그땐 이미 해가 서산에 걸려 있는 마당이라 어둠이 자욱하게 깔려갈 때쯤이기도 했다.

차별 없이 남들과 똑같은 식단을 받아 아영이와 함께 숙소로 돌아온 석영은 고소한 냄새가 나는 스프를 나무 수저로 한술 떠올렸다. 하지만 그걸 입으로 가져가진 못했다. 밖에서 이번에도 일자로 다가오는 인기척이 느껴졌다.

익숙한 기세, 익숙한 속도, 아까 왔다 갔던 1인과 그 1인이 말했던 욕구 불만의 그녀가 분명했다.

"석영아!"

예고도 없이 문을 열어 젖힌 차샤가 석영에게 손짓을 했다. 그래서 수저를 내려놓은 석영이 아영과 함께 천막 밖으로 나갔다.

"혹시, 저 사람들 아니요?"

"누구… 아."

노엘의 손가락을 따라 시선을 옮기니, 반가운 세 사람이 활짝 웃으며 석영에게 다가오고 있었다.

아영이의 시선이 가장 앞에 다가오는 40대의 여인에게 꽂혔을 때, 그녀의 얼굴에 반가움이 활짝 피어났다.

"어… 호정 언니!"

그러곤 양팔을 벌려 도도도 달려갔다. 그러자 40대 여인, 문호정도 똑같이 양팔을 벌려 아영을 반겼다. 와락! 하는 소리가 실제로 들릴 정도로 아영은 격렬하게 문호정에게 안겼다. 누가 보면 흡사 이산가족이 상봉하는 장소라고 착각할 정도로 격한 반응이었다.

"언니… 잉잉!"

아영이 답지 않게 잉잉 우는 걸 보자 석영은 헛웃음이 나왔다.

"어이구, 우리 아영이, 잘 지냈어?"

"응응, 히이잉……."

완전히 7살 딸처럼 구는 아영이의 모습에 주변에서 지켜보던 병사들도 헛웃음을 흘렸다, 그들은 안다. 아영이 방패를 들고, 도끼를 들면 어떤 일이 벌어지는지 말이다. 실제로 한 달전까지만 해도 방패 하나만 들고 병사들의 밀집 진형을 연습삼아 부수고 다녔던 전적이 아주 수두룩했다.

둘은 내버려 두고 석문호가 석영에게 다가왔다. 그리고 이번엔 반대로 우악스럽게 석문호가 석영을 안았다가 놔줬다.

"석영아, 오랜만이다?"

"네, 형님. 안녕하세요."

"하하, 오랜만에 들어왔는데 전쟁 통이라 큰일 나는 거 아닌가 걱정했는데, 네가 여기 있어서 다행이다, 다행이야. 하하하!"

"하하, 잘 오셨어요. 일단 안으로 들어갈까요?"

"그래, 그러자. 여보!"

석문호가 문호정을 부르자 두 사람은 같이 아영에게 왔다.

석영은 서 있는 노엘과 차샤를 보며 먼저 안으로 사람들을 들여보내고 다가갔다.

"아는 사람들 맞는 거지?"

"응. 내가 살던 쪽 지인들이야."

"그래? 그럼 다행이고. 갑자기 리안 성 광장에서 나타나서 병사들이 체포했다고 했거든. 근데 얘기 듣고 어째 그런 것 같았어."

"신경 써줘서 고맙다."

"고맙… 어라, 고맙? 오오, 고맙다고 한 거야, 지금?"

"그래, 고맙다."

"오오……. 저격수가 변하고 있어. 이거 좋은 일 맞지?"

차샤의 호들갑스러운 반응에 노엘은 그냥 고개만 끄덕였다. 그러곤 툭툭 쳐서 얼른 가자고 턱짓으로 재촉했다. 확실히 차샤는 눈치가 없었고, 노엘은 눈치가 있었다. 응? 왜? 하는 차샤를 결국 노엘이 질질 끌고 사라지고 나서야 석영은 숙소로 돌아왔다.

안으로 들어가자 넷은 벌써 이야기꽃을 피우고 있었다. 석영은 정면에 앉은 김선아의 어두운 얼굴에 잠시 멈칫했으나, 모른 척 아영의 옆에 앉았다.

"언니, 언니는 어떻게 지냈어요?"

"우리? 우리야 잘 지냈지. 그냥, 잘 지냈어."

웃으며 나온 문호정의 대답에 석영은 그리 잘 지낸 것 같진 않다는 판단이 곧바로 섰다. 특히 석문호가 김선아를 힐끔 곁눈질하는 모습을 보고 아예 확신이 섰다. 하지만 석영은 이런 대화는 언제고 해야 한다는 걸 알고 있었다. 지금 안 하면 나중에라도 분명 나오게 될 대화이기도 했다.

"러시아. 러시아에 언니도 갔어요? 그때 간다고 톡 보냈던 것 같은데. 어디로 갔어요? 우리 러시아 서쪽에서 침투했다가 빠졌어요!"

"갔었어. 아영아, 근데 그 얘기는 좀 나중에 하면 안 될까?"

"네? 왜……."

툭.

결국 석영은 끼어들었다.

아영이 돌아보자 고개를 푹 숙인 김선아를 턱 끝으로 가리켰다. 그러자 아영이의 시선이 그쪽으로 갔다가, '아……' 하고 탄성을 흘렸다. 아영이답지 않게 상황을 금방 파악했다. 조금 있다가 '잉, 어떡해?' 하는 표정으로 석영을 돌아봤지만 당장 석영이 이 상황에서 어떻게 할 수 있는 건 없었다.

잠시 뒤, 김선아가 다시 고개를 들었다.

그녀는 감정을 수습한 얼굴이었다.

이야기는 석문호가 시작했다.

"크흠… 우리랑 같이 움직였네. 열 명 규모의 소규모 팀을 모집해서 갔지. 믿을 만한 유저들이었어. 무리하지 않고 움직이면서 작전은 순조로웠지. 하지만 퇴각할 때 문제가 생겼어. 유저 몇이 욕심을 부린 거지."

"음……."

퇴각할 때, 욕심을 부린 유저 몇, 키워드는 전부 다 나왔다. 여기서 눈치를 못 채기엔 석영의 감이 워낙에 좋았다.

"저녁 식사에 독을 탔어. 근 경련을 일으키는 종류의 독이었고 낌새를 느낀 선아와 호정이가 급하게 큐어 마법을 시전했지만 그 순간에 이미 선아의 동생들이 당해 버렸지. 둘은 마법을 시전하는 호정이와 선아의 앞을 막아서고, 당했네."

"……."

욕심이다.

탐욕이다.

이런 이름을 가진 감정의 마물은 세상 그 어떤 악마보다도 무섭다. 석영도 얼마 안 되는 회사 생활을 하면서 지긋지긋하게 겪었다. 그 어떤 것보다 추악하고, 추잡하고, 그런 게 바로 욕심이고, 탐욕이다.

"내가 둘, 눈이 뒤집힌 선아가 둘, 다른 유저가 둘을 제압하면서 상황은 마무리됐지만… 죽은 사람은 돌아오지 않겠지. 러시아에서 돌아와서 한동안 선아와 함께 있다가 여행을 떠나고 싶다는 말에 이곳으로 돌아왔네만… 이곳도 전쟁 통이더라고."

"돌아가셔도 괜찮습니다."

"하하, 그건……."

석문호와 문호정, 두 사람의 시선이 김선아에게 향했다.

"안 가요. 그냥 여기 있고 싶어요. 두 분은 가셔도 괜찮아
요."

단호한 김선아의 말에 문호정은 한숨을 내쉬고, 석문호는
어깨를 작게 으쓱했다. 결국 그녀의 선택에 따른다는 거였다.

"널 두고 어딜 가겠니? 이 매정한 것아."

"부담 드리기 싫어서 그래요."

"선아, 혼난다?"

"…죄송해요."

당당하던 김선아는 풀이 많이 죽은 모습이었다. 아영이 자
리에서 일어나 그런 김선아의 옆으로 갔다. 그러곤 어쩐 일로
팔을 뻗어 그녀를 안았다.

"언니, 미안해요……."

"아니야. 모르고 그런 건데, 뭐. 그리고 앞으로 이겨내야 할
일이야. 잘 물어줬어."

"이잉……."

오늘따라 눈물샘이 폭발하는 아영이지만 석영은 이걸로 놀
리지는 않기로 했다. 아니, 그랬다간 등짝 맞을 짓이라 절대

하지 않기로 했다.

"너희는 어떻게 지냈냐? 이 전쟁은 또 뭐고?"

"대륙 종말 전쟁이라는 메인 퀘스트예요. 저한테 뜨더라고
요."

"대륙 종말? 휘드리아젤 대륙 종말을 말하는 거냐?"

"아무래도 그렇게 봐야겠죠?"

"어후… 스케일 하고는."

이제 여기 있는 사람들은 휘드리아젤 대륙의 크기를 안다.
악시온 제국과 대협곡 때문에 건너가지 못하는 그 건너편까
지 합치면 최소 지구의 두 배 이상 크기는 나올 거란 예측이
가능한 게 바로 휘드리아젤 대륙이었다.

근데 그런 대륙의 종말 전쟁?

석문호가 고개를 절레절레 젓는 것도 무리는 아니었다.

"확실한 거지?"

"네, 시스템이 그렇게 공지를 줬어요."

"음… 그럼 넌 클리어가 목적이고?"

"네, 대륙 종말입니다. 저는 이미 여기에 지인들이 있어요.
제가 없으면 그들은 전화(戰火)의 불길에 스러지겠죠. 그건 도
저히 지켜볼 수가 없어서요."

"흠… 많이 변했구나, 너?"

"네, 뭐……."

석영의 대답에 문호정이 기특하다는 표정을 지었다. 그녀는 이제까지 진심으로 석영을 생각해 준 몇 안 되는 지인이었다. 예전에도 석영의 정신 상태를 걱정하기도 했었고, 실제로 치료를 위해 상담을 해준 적도 있었다.

마치 누나가 동생을 바라보는 눈빛에 석영은 이상하게도 온몸이 근질거리는 걸 느꼈다. 그게 부끄럽다는 감정이지만, 석영은 이번에도 애써 무시했다. 하지만 여기엔 눈치가 있으면서도 없는 김아영이 있었다. 김선아를 안은 채로 석영을 보던 아영이 씩 웃었다.

"어, 오빠. 귓불 빨개졌다. 쑥스럽구나?"

"······."

에휴······.

한숨이 나왔지만 어쩌겠나. 원래 저런 애인 걸.

"그런데 아영아."

"네, 언니."

문호정은 아영을 위아래를 스윽 훑었다. 그러자 아영이가 선아에게서 몸을 떼고 슬그머니 물러났다. 그 모습에 석영은 또 피식 실소를 흘렸다.

'뭘 죄 지은 것도 아닌데······.'

석영이 딱 그런 생각을 하는 동안, 문호정은 고개를 잠깐 갸웃했다.

"너 좀 뭔가 변한 것 같은데?"

"네? 호호……."

역시 여자의 촉이란 무섭구나…….

아영은 애매한 웃음 뒤에 두 손으로 자신의 배를 조심히 감쌌다. 그러자 문호정의 눈이 동그랗게 떠졌다. 물론 석문호도, 김선아도 마찬가지였다.

"너……?"

문호정은 이어서 시선을 석영에게 건넸다.

석영도 그냥 웃으며 고개를 끄덕였다.

"와……."

"와하하!"

석문호가 대번에 너털웃음을 터뜨렸다.

"이야! 이야, 인마! 축하한다! 으하하!"

"감사합니다."

문호정은 말 대신 몸으로 움직여 아영을 안아줬다. 그러자 아영은 또 눈물을 뚝뚝 흘렸다. 한지원만큼 생각하는 게 문호정이라는 걸 석영은 잘 알고 있어서 그리 신기한 기분이 들진 않았다. 그리고 둘이 대화를 할 때 가끔 나오는 세 사람이기도 했었다. 한동안 폭풍 질문과 이미 아이가 있는 문호정의 조언 같은 설교가 아영에게 날아들고는 다시 본론으로 돌아왔다.

"큼큼, 뭐 둘이 떨어지기 싫어서 같이 있는 거니 이해하기로 하고, 그래서 적은 어디냐?"

"악시온 제국입니다."

"악시온? 그 섬나라?"

"네, 근데 일본과는 급이 다르던데요. 섬을 다 합치면 못해도 중국의 반 정도는 돼요."

"아따 크네. 그래서 얼마나 몰려왔냐?"

"지금 이곳 리안을 둘러싸고 있는 병력만 십오만은 됩니다."

"어후, 십오만……. 그래서 넌 여기서 결사항전할 거고?"

"……."

석문호의 질문에 석영은 고개를 끄덕였다.

도망?

그랬을 거면 이미 조용히 발을 뺐을 것이다.

아니, 애초에 시작도 안 했을 것이다.

"표정 보니 각오도 끝냈구먼. 후, 담배… 아이고."

"이이는!"

찰싹!

무심코 담배를 찾던 석문호는 아영을 보고 멈칫했고, 대번에 문호정의 스매싱이 날아들었다. 찰지게 맞은 그는 씩 웃은 뒤, 두 사람에게 물어봤다.

"자기랑 선아, 너는 어떡할래. 여기 있으면 십오만이랑 싸워야 되는데."

"저는 여기에 있을게요. 제가 충분히 석영이 도와줄 수도 있고."

"하긴, 너라면 충분히 도움이 되겠지."

"잘 부탁해."

"제가 드릴 말씀입니다, 누님. 잘 부탁드립니다."

석영은 갑자기 가슴이 확 든든해지는 걸 느꼈다.

김선아다, 김선아.

석영이 타락 천사의 활을 버그로 받았다면, 그녀는 아예 게임 속의 능력을 받아버렸다.

그녀가 유성우의 날 지구가 멸망할 거란 체념과 함께했던 마지막 게임은 석기시대부터 우주 세기까지 다양한 세계관을 가진 오픈 월드 게임이었다.

플레이어는 신이 되어 지구를 운영할 수도 있고, 그 속의 유저가 되어 전쟁에 참여하기도, 정치를 할 수도 있었다. 행성을 사들여 개발할 수도 있고, 행성 자체를 뺏어버릴 수도 있다.

세계 최상위 인공지능이 투입된 그 게임은 엄청난 자유도로 한국이나 아시아보단 북미, 유럽 쪽에서 인기를 끌었다.

김선아는 그 게임 속 자신의 할 수 있는 모든 것을 버그로 받아들였다. 물론, 빌어먹을 시스템은 밸런스가 파괴되는 걸

원하지 않아 그녀의 능력에 페널티를 부여했지만 이미 김선아
는 충분히 먼치킨이었다.

'나레스 협곡에서는 컨테이너를 소환해 후미를 치던 용병들
을 압살해 버렸다고 했었지…….'

그런 능력이라면 충분히 전쟁에도 도움이 될 것이다.

'아니, 도움 정도가 아니라 엄청난 전력이지…….'

석영은 고마운 표정으로 김선아를 바라봤다.

그리고 그때쯤, 문호정의 대답도 나왔다.

"동생 둘을 내버리고 도망가서야 어디 누나, 언니 소리 들을
수 있겠어? 나도 여기 있고 싶어."

그 말을 한 뒤에 포근한 미소를 지은 문호정은 아영이의 머
리를 쓰다듬었다. 그게 정말 누나 같아서 석영은 저절로 가슴
이 따듯해짐을 느꼈다.

"그럼 결정. 잘 부탁한다, 석영아."

석문호가 내민 손을 맞잡은 석영은 고개를 끄덕 숙였다.

"저… 이제 끝난 건가요?"

"우리 아영이, 왜?"

"헤헤, 그게… 배가 고파서…….'"

"이런, 맞다! 저녁 먹는 중이었구나? 얼른 언니가 가서 챙겨
올게!"

"아, 아니에요! 같이 가요!"

문호정과 아영이 나란히 일어나 밖으로 나가는 걸 보면서 앉아 있던 세 사람은 거의 동시에 피식 실소를 흘렸다.

그렇게 석영은 뜻밖의 엄청난 지원군을 받아버렸다. 리안 공성전 초기, 아마 악시온 제국은 모를 것이다. 전쟁의 판도를 바꿀 엄청난 변수가 등장했음을 말이다.

『전장의 저격수』 9권에 계속…

초대형 24시 만화방

신간 100%, 샤워실, 흡연실, 수면실(침대석), 커플석, 세탁기 완비

■ 광명 광명사거리역점 ■

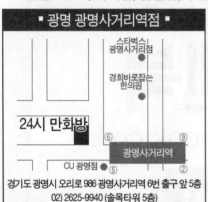

경기도 광명시 오리로 986 광명사거리역 6번 출구 앞 5층
02) 2625-9940 (솔목타워 5층)

■ 강북 노원역점 ■

서울 노원구 상계동 340-6 노원역 1번 출구 앞 3층
02) 951-8324 (화용빌딩 3층)

■ 일산 정발산역점 ■

라페스타 E동 건너편 먹자골목 내 객잔건물 5층
031) 914-1957

■ 일산 화정역점 ■

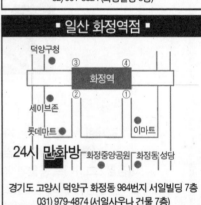

경기도 고양시 덕양구 화정동 984번지 서일빌딩 7층
031) 979-4874 (서일사우나 건물 7층)

■ 부천 역곡역점 ■

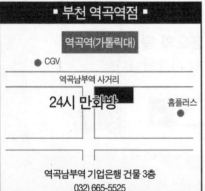

역곡남부역 기업은행 건물 3층
032) 665-5525

■ 부평역점 ■

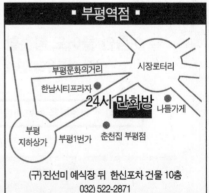

(구) 진선미 예식장 뒤 한신포차 건물 10층
032) 522-2871

배우,
이산책 장편소설
미친흡입력

FUSION FANTASTIC STORY

**세계 최고의 스타 배우,
라이더 베스.**

온갖 사건 사고에 휘말린 후 약물 과다 복용으로 사망.
한국의 무명 스턴트맨 김태웅의 몸으로 깨어나다?

조용한 삶을 살고자 하는 그의 귓가에 들리는 소리.

[배우의 꿈(Actor'S Dream) 시스템을 시작합니다]

어차피 스타, 될 놈은 된다!

승소머신 강변호사

가프 장편소설

FUSION FANTASTIC STORY

승소머신을 꿈꾸는 연전연패의 패소머신 강창규.
귀신을 먹어야지만 대성할 수 있다고?

죽음의 위기에서 찾아온 기회!
혼귀국(魂鬼國)의 전속 변호사가 된 그의 놀라운 변신!!

억울한 일 있으세요?
똑똑한 변호사 한 명 소개해 드려요?
귀신 뺨치는 변호사가 여기 있습니다.

운발 제로 찌질 변호사의 인생 반전 성공기!

Book Publishing CHUNGEORAM

유행이 아닌 자유추구 –
WWW. chungeoram.com

톱스타 이건우
크레도 장편소설
FUSION FANTASTIC STORY
열정만으로 성공하는 것은 아니다!
어중간한 실력으로 허송세월하던 이건우.
그의 앞에 닥친 갑작스러운 사고와 함께 떠오르는 기억.
'나는 죽었는데 살아 있어. 그건 전생? 도대체…….'
전생부터 현생까지 이어지는 인연들.
그리고 옥선체화신공(玉仙體化神功)…….
망나니처럼 살아온 이건우는 잊어라!
외모! 연기! 노래!
삼박자를 모두 갖춘 최고의 스타가 탄생한다!
Book Publishing CHUNGEORAM
유행이 아닌 자유추구 -
WWW.chungeoram.com